Schnee Flocken Küsschen

Jo Berger

Bibliografische Informationen der Deutschen Nationalbibliothek:
Die Deutsche Nationalbibliothek verzeichnet diese Publikation in
der Deutschen Nationalbibliothek; detaillierte bibliografische Daten
sind im Internet unter http://dnb.d-nb.de abrufbar.

Herstellung und Verlag:
BoD – Books on Demand, Norderstedt
©2017 Jo Berger
ISBN: 978-3- 7460-1272-8

Eine weihnachtliche Liebesgeschichte

Jo Berger

In Teilen angelehnt an die Weihnachtsgeschichte
von Charles Dickens »A Christmas Carol«.

Impressum

Roman
copyright©2017 Jo Berger

Jo Berger c/o Papyrus Autoren-Club
Pettenkoferstr. 16-18
10247 Berlin
kontakt@jo-berger.com
www.jo-berger.com
www.faccebook.com/JoBergerAutorin

Lektorat & Korrektorat:
Ebe, André Piotrowski

Umschlaggestaltung: Jo Berger
Unter Verwendung von:
Depositphotos | © graphit 14599229
©HASLOO_14602023, ©archideaphoto5049781, ©logoboom
32908353
| ©oksanello 18673903

Viel Freude
mit dieser
Weihnachtsgeschichte
und

Frohe Weihnachten
wünscht

Jo Berger

Ein bisschen Puderzucker aufs Leben streuen oder ...

… der Zauber der Weihnacht
liegt auf einem
wohlgeformten Sixpack

Amelie

Amelie zog den Mantel fester um sich.

»Nirgends ist man mehr sicher vor diesem rührseligen Weihnachtsquatsch! An jeder Ecke steht ein abgehalfterter Santa Claus, der sich sein mageres Einkommen aufbessern will, überall Tannenzweige, Glitzersterne und kitschige Nussknacker. Im Übrigen erkenne ich keinen Sinn in diesem Mistelzweig-Hype. Wusstest du, dass Misteln giftig sind?« Amelie nippte an ihrem Glühwein und verzog das

Gesicht. Sie war vom Fest der Liebe so weit entfernt wie vom Mittelpunkt der Erde. Und sie mochte diese Jahreszeit nicht. Es war kalt, windig und ungemütlich. Und jetzt fiel auch noch dieses weiße Zeug vom Himmel.

»Du hast aber auch immer was zu meckern«, gab ihre Freundin Sophie zu bedenken. »Nur, weil du Weihnachten nicht magst, musst du ja nicht den anderen die Vorfreude verderben. Ach ja, vorhin ist ein Bus an mir vorbeigefahren mit einem deiner Werbeplakate darauf. Nett, aber es würde besser ins Frühjahr passen. Meer, Palmen und Frauen in Bikini und Weihnachtsmützen … Na ja.«

»Ich verderbe nichts, ich stelle fest. Unabhängig davon fallen die Plakate auf, sie polarisieren. Leider konnte sich kein einziges, verdammtes Shoppingcenter dazu bereit erklären, sie aufzuhängen.« Amelie schloss ihre kalten Finger um die warme Tasse und schüttelte den aufkeimenden Groll ab. »Sei doch froh, dass ich hier mit dir stehe und wir uns noch einmal sehen, bevor du in der Jingle-Bells-Glückseligkeit versinkst und zu den schmalzigen Klängen von *Last Christmas* engelsgleich über den gefrorenen Asphalt schwebst. Auf Hawaii war es entschieden gemütlicher.«

Zur Untermalung ihrer Worte zupfte sie an ihrem mit Goldfäden durchwirkten Kaschmirschal herum und zog die fellbesetzte Mütze aus der eigenen Kollektion etwas tiefer ins Gesicht. Es war verdammt kalt. Der Wind wehte unangenehm eisig durch die Gänge des Weihnachtsmarktes am Columbus Circle und stach ihr wie spitze kleine Nadeln ins Gesicht. Normalerweise setzte sie bei diesen Temperaturen nur einen Fuß vor die Tür, um ins nächste Taxi zu springen. Doch Sophie hatte nicht lockergelassen und darauf bestanden, sie unbedingt noch vor dem Weihnachtsfest zu sehen.

»Nur ein Glühwein«, hatte sie gesagt und Amelie hatte zugestimmt. Wurde sie jetzt etwa rührselig? Nur, weil sie Sophie die letzten Wochen nicht gesehen hatte? Praktischerweise lag der Weihnachtsmarkt direkt unterhalb des Gebäudes, in dem Amelie ihre Firma hatte. Ein Katzensprung zwar, aber bei diesen Temperaturen für sie ein riesiges Zugeständnis an die Freundschaft zu Sophie.

»Und warum bist du dann nicht einfach auf Hawaii geblieben?«, fragte Sophie schnippisch.

»Dortgeblieben?« Amelie runzelte die Stirn. »Bist du von allen guten Geistern verlassen? Die Geschäfte rufen!«

»Was anderes gibt es wohl für dich nicht mehr, oder? Kannst du die Vorweihnachtszeit nicht einmal ein bisschen genießen?«

Demonstrativ ignorierte Amelie Sophies mitleidigen Blick. »Genießen? Das hier?« Sie beschrieb mit dem Arm einen Bogen. »Definitiv nicht! Das überlasse ich dir und allen anderen. Ehrlich gesagt, kann ich so gar nicht nachvollziehen, was du daran findest, auf Weihnachtsmärkten herumzustehen oder dich um diese Zeit ins Shoppinggetümmel zu stürzen. Du weißt genau, ich bin nicht der Typ, der durch überfüllte Geschäfte tingelt und das perfekte Spielzeug für die lieben Kleinen sucht. Es ist mir unverständlich, wie du das aushältst. Und das auch noch mit jährlich wachsender Begeisterung. Zum Glück bin ich aus der Nummer mit Kindern und Weihnachtsbaum und dem ganzen Irrsinn raus!« Die Menschenmenge, die sich durch die Gänge schob, machte sie kirre. Dazu die Kälte, der Wind, klebrig süßer Glühwein. Entnervt blickte sie auf die Uhr.

»Schade. Ich wollte dich einladen, morgen mit mir und meiner Familie …«, hörte sie ihre Freundin sagen.

»Du liebe Güte!« Amelie stellte mit Entsetzen fest, dass sie bereits viel zu lange hier tatenlos herumstand.

In einer Stunde würden zwei Mitarbeiter der Werbeagentur eintreffen, um ihr die bisherigen Erfolgs-
zahlen der Weihnachtskampagne zu präsentieren
und das Frühjahrs- sowie ein eventuelles Herbst-
shooting zu besprechen. Amelie hatte sich vor-
genommen, einen satten Rabatt herauszuschlagen.
Bei drei Aufträgen in Folge hielt sie das für durchaus angemessen.

Es war Zeit, ins Büro zurückzukehren. Auch wenn
Tessa und Sophie ihr immer wieder in den Ohren
lagen, nicht zu viel zu arbeiten und öfter eine Pause
einzulegen. Pausen! Amelie kannte keine Pausen.
Erst recht nicht kurz vor Weihnachten. Außerdem
vergrub sie sich gern in die Welt der Zahlen und
Kollektionen. Sie liebte es, sich bis mitten in die
Nacht hinein mit Arbeit zu umgeben.

Gut, und gelegentlich ein paar schöne Stunden mit
Patrick, ihrem Key-Account-Manager, zu verbringen.

»Schätzchen, nicht böse sein, aber letztes Jahr hat
mir gereicht. Ich habe keine Lust auf Plätzchen,
plärrende Kinder und Katzenhaare. Und erinnere
dich bitte, dein Schwiegervater hätte mich da schon
am liebsten auf den Mond geschossen. Ich habe
noch tagelang von seinem erhobenen Zeigefinger

geträumt. Sei so gut und verlange nicht noch einmal von mir, dass ich gute Miene zu diesem heuchlerischen Spiel mache. Ach, was freuen wir uns doch alle auf das Fest, Bescherung unter dem Weihnachtsbaum. Und in der Zeit futtern sich alle beseelt aus ihren Billigjeans raus. Danke, aber nein danke. Das muss ich mir beim besten Willen nicht mehr antun.« Amelie stellte die Tasse am Stand ab und warf dem rotbäckigen Mann mit Nikolausmütze hinter der Theke einen galligen Blick zu. »Das geht zurück. Schmeckt grauenvoll. Haben Sie etwa das Spülwasser untergerührt? Wundern würde es mich nicht.«

Plötzlich bemerkte sie, wie Sophie sie ungläubig anstarrte und wie ein Fisch an Land nach Luft schnappte.

»Was ist?« Amelie schulterte ihre Gucci-Tasche.

»Du bist so … so fies! Mein Vater meint es nur gut. Okay, er ist etwas starrsinnig und rechthaberisch, aber er hat ein gutes Herz. Etwas, was ich dir mittlerweile abspreche. Im Übrigen weiß ich, dass ich ein paar Kilo zugelegt habe. Na und? Ich fühle mich wohl, so wie ich bin, mitsamt den kleinen Rundungen – auch wenn ich dich ein klein wenig um deine Figur und deine dunklen Locken beneide.« Sie strich wie zur Bestätigung eine ihrer dünnen, blonden Strähnen aus dem Gesicht. »Du kannst tonnenweise Erdnussbutter essen und hast selbst in deinen engen Bleistiftröcken einen Wahnsinnsbody. Und deine tollen Beine sind so lang, dass du nicht mal High Heels bräuchtest. Abgesehen davon kann ich auf diesen unpraktischen Dingern gar nicht laufen. Ja, sogar um deine Karriere beneide ich dich ein wenig, aber ... Aber das ist alles nichts, wofür ich meinen Mann und meine beiden Kinder hergeben würde. Denn das ist mein wahres Glück, eine Wärme, die von innen kommt. Du wirst immer kälter und ... herzloser, Amelie, und immer unerträglicher. Du bist ... Nein, das sage ich jetzt besser nicht. Für mich ist unsere Freundschaft hier und jetzt beendet! Ruf mich nie wieder an, wenn du mal zufälligerweise wieder einen deiner sentimentalen Momente hast. Am besten, du suchst dir eine Freundin, die genauso tickt wie du.«Brüsk drehte sich Sophie um und stakste davon.

Amelie sah ihr überrumpelt hinterher, bis Sophie in der Menschenmenge verschwand. Die brachte es tatsächlich fertig, ihr die Freundschaft aufzukündigen? Wegen eines gefühlsduseligen Festes? Nach fast sieben Jahren?

Die erste Verblüffung legte sich schnell. Im Prinzip hatte Sophie recht. Sie waren zu verschieden. Menschen, die an Dinge wie Gott und den Weihnachtsmann glaubten, hielt sie sowieso für höchst lebensunfähig.

Elisa

»Mal ehrlich ... Plätzchen überall! Um die Weihnachtszeit herum gibt es wahre Köstlichkeiten wie Zimtsterne, Vanillekipferl. Haselnusskekse und Kokosmakronen. Außer im Himmel. Ich finde das ziemlich unfair. Da unten wird gebacken, dass es fast bis in den Himmel duftet, und wir bekommen nichts davon ab. Wer hat sich das ausgedacht, bitte?« Elisa verschränkte die Arme.

»Wer wird sich das wohl ausgedacht haben?«, fragte Gabriel. »Du kamst ganz gut mit den Himmelsgütern klar, bevor du das erste Mal auf der Erde warst, und du wirst es weiterhin tun. Und außerdem, wo hast du Vanillekipferl gegessen? Du warst im Sommer unten, da bekommst du die nicht.«

»Hab ich auch nicht.« Elisa schlug missmutig mit den Flügeln und registrierte, wie Gabriel aus Sicherheitsgründen mit dem Stuhl außer Reichweite rutschte.

Er hatte bereits auf schmerzhafte Weise erleben dürfen, wie es sich anfühlte, wenn sich ihre riesigen Flügel verselbstständigten. Meistens dann, wenn sie aufgeregt oder zornig war.

»Entschuldige, ich pass schon auf«, sagte sie hastig und versuchte, die Flügel anzulegen, was ihr ausnahmsweise gelang. »Ich hatte mir ein Video angesehen, wie man sie zubereitet. Diese Vanillekipferl müssen fantastisch schmecken. Sie sehen aus wie Halbmonde, sind weich und knusprig zugleich und auf ihnen liegt ein zarter Puderzuckermantel.«

Die Lust auf menschliche Nahrung war beinahe übermächtig. Immer wenn sie an warmes Dinkelbrot mit dick Butter darauf dachte, bekam sie schlechte Laune. Das himmlische Leben war karg, farb- und geruchlos. Sie fragte sich, warum sie die Einzige zu sein schien, die den weltlichen Genüssen einen solch hohen Stellenwert einräumte und es gar nicht mehr erwarten konnte, auf die Erde hinuntergeschickt zu werden.

»Wo bist du heute eingeteilt?«, wollte Gabriel beiläufig wissen und kritzelte irgendetwas in sein Notizbuch.

»Nirgends«, sagte Elisa und spielte mit einer Feder ihres Flügels. »Mir ist todlangweilig. Was schreibst du da?«

»Ich schreibe nicht, ich zeichne. Es will mir einfach nicht gelingen, eine Schäfchenwolke zu malen. Du könntest Josie helfen, die Ausstattungskammer aufzuräumen. Irgendein Alphaengel hat vor seinem ersten Auftrag eine Verwüstung angerichtet.«

»Ah, ja. Oder nein, aufräumen? Im Übrigen ist *Kammer* ein klein wenig untertrieben, Gabriel. Die Bezeichnung *Saal* träfe es eher. Oder Stadion oder Bahnhofshalle oder XXL-Ultra-Klamottendepot. Nun gut, dann helfe ich Josie. Vielleicht verliere ich dabei die Lust auf den Geschmack von salziger Butter auf meiner Zunge.« Elisa seufzte schwer. »Sag mal, vermisst du das Essen nicht? Ich meine, du bist ein Betaengel und hattest ein Leben als Mensch. Du solltest dich an den Geschmack deiner Lieblingsspeisen erinnern, ihr Aroma vermissen. Stattdessen malst du Wolken und bist rundum zufrieden. Macht dich das nicht nachdenklich?«

Gabriel zwinkerte. »Besser, als sie zu putzen, oder?

Außerdem finde ich es genial, keinen Hunger zu haben. Ich muss nicht kochen, nicht abwaschen, nicht ...«

»Ah, da seid ihr ja.« Die weiße Tür zum Zimmer schob sich auf und der Herr persönlich trat herein.

Elisa sprang sofort von dem kleinen Hocker auf und ihre Flügel schlugen aufgeregt. Sie hatte ihren Boss schon eine Weile nicht mehr gesehen und sein Erscheinen traf sie unvorbereitet.

»Beruhige dich, Elisa«, lächelte Gott, »Es ist auch nicht nötig aufzustehen. Wenn du hörst, was ich mit dir vorhabe, wirst du dich sowieso setzen müssen.«

Er legte einen Laptop auf einen freien Tisch und startete HeavensTube. Neugierig trat Elisa näher. »Ein Auftrag?«

»Sehr richtig. Aber zuerst zeige ich dir Tessa.«

»Ist das mein Schützling?«

»Nicht so ungeduldig. Wann endlich legst du das ab?«

Gabriel lachte kurz auf. »Niemals. Das bekommst du nicht aus ihr raus.«

»Du musst es ja wissen, *Beta*engel!« Elisa stemmte die Fäuste in die Hüften.

»Ein Betaengel zu sein hat durchaus seine Vorteile.

Wir waren schließlich mal Menschen, im Gegensatz zu euch Alphas. Zum Beispiel …«

»Ruhe jetzt!« Gott startete eine Liveübertragung.

Das Bild zoomte von oben auf eine Stadt mit vielen Wolkenkratzern. Dicke Schneeflocken tanzten fröhlich durch den von Millionen Lichtern erhellten Abend. Die Kamera führte sie hinein durch ein Fenster eines hohen Gebäudes, direkt vor ein Büro. Neben der Tür prangte der Schriftzug *Stylish Amy* in goldenen, geschwungenen Lettern auf einem serviertablettgroßen Schild. Hinter der Tür saß eine Frau an einem Schreibtisch.

Wie alt mochte sie sein? Fünfunddreißig vielleicht. Jünger? Sie hatte kurze, aschblonde Haare und in ihrem blassen Gesicht zeichnete sich bleierne Müdigkeit ab.

In diesem Moment hob sie mit spitzen Fingern eines der fünf Tücher hoch, die sie einzeln in kleine, rote Tüten mit dem Firmenaufkleber packte.

»Gott, sind die hässlich! Na, wenigstens Patrick bekommt was Hübsches. Warum wohl …« Die Kolleginnen aus der Buchhaltung würden sich sicher total freuen. Für den einzigen Mann bei »Stylish Amy« packte Tessa eine rot glänzende Krawatte ein.

»Wo ist das? Ist das Tessa? Ist sie mein neuer Schützling? Und wer ist Patrick?«, wollte Elisa wissen.

»New York, Manhattan. Ja, das ist Tessa Lind … Sieh weiter zu.«

In diesem Moment schwang die Tür auf und Tessa legte hastig das Tuch zur Seite.

»Hallo, Tessa.« Die attraktive hochgewachsene Frau grüßte knapp, ohne aufzublicken, und ging mit energischen Schritten in das nebenan liegende Büro.

»*Sie* ist dein Auftrag. Amelie Stone«, erklärte Gabriel. »Inhaberin eines kleinen, jedoch aufstrebenden und exklusiven Modelabels. Vor fünf Jahren begann Amelie, ihr Unternehmen aufzubauen, und mittlerweile produziert sie neben Bademode und mondäner Sommerbekleidung auch Schals und …«

»Solche wie das geschmacklose Halstuch von Tessa?«

»Genau. Würdest du mich bitte nicht unterbrechen?«

»Verzeih. Aber ist es wichtig, dass ich alles darüber weiß?«

»Schon. So verstehst du besser, wie Amelie tickt. Kann ich jetzt weiter ausführen?«

»Bitte.« Elisa verdrehte die Augen.

»Also … Neben Schals und Tüchern gehören auch Handschuhe und extravagante Kopfbekleidung zum Angebot. Amelie steckt viel Geld in Werbekampagnen und hat nur eines im Sinn: nach oben zu kommen und zu einem der führenden Modelabels weltweit zu werden. Sie ist auf einem guten Weg, denn zwischenzeitlich steht *Stylish Amy* für Qualität und Luxus und wird von den Reichen und Schönen spazieren getragen. Und jetzt hofft sie, in der kalten Jahreszeit die Umsätze der Bademode zu steigern. Erst vor zwei Wochen ist Amelie von einem längeren Aufenthalt von Hawaii zurückgekehrt. Dort beaufsichtigte sie das Fotoshooting für ihre Kampagne. Und sie ist stolz auf ihre provokante Idee, ausgerechnet zur Weihnachtszeit die Menschen mit überdimensionalen Plakaten und mehrseitiger Werbung in Zeitschriften von Palmen, Meer und entspannten Frauen in der neuesten Amy-Bikini-Kollektion auf andere Gedanken zu bringen. Winter im Süden, Entspannung statt vorweihnachtlicher Hektik, Cocktails am Strand statt verwässertem Glühwein auf dem Weihnachtsmarkt.«

Elisa neigte den Kopf zur Seite. »Letzteres klingt gar nicht so schlecht.« Sie erntete einen vernichtenden

Blick und zog die Schultern hoch. »Okay, ist ja schon gut. Habe verstanden.«

»Richtig«, brummte Gabriel. »Weiterhin muss Amelie den Zauber der Weihnacht und ihren Glauben an die Liebe wiederfinden. Sie ist im Laufe der Jahre zu einem gefühllosen Workaholic mutiert, der gerade seine einzige Freundin verloren hat.«

Elisa legte die Hände an ihre Brust und riss die Augen auf. »Oh je, die Arme. Es muss furchtbar sein, wenn ein lieber Freund stirbt. Und das kurz vor Weihnachten. Wie schrecklich. Hatte sie Familie? Wie …?«

»Stirbt?«, unterbrach Gabriel und schüttelte lachend den Kopf. »Nein, Amelie Stone wurde die Freundschaft aufgekündigt.«

»Das ist doch aber auch ganz schrecklich, oder? So kurz vor …«

Gott hob die Hand. »Keine Zeit für lange Reden. Sieh weiter zu! Den Rest erkläre ich dir später.«

Amelie

Mit einem knappen Gruß eilte Amelie an Tessa vorbei in ihr Büro. Sie hatte ihre Sekretärin wie jedes Jahr damit beauftragt, die Weihnachtspräsente für die Kollegen zu verpacken und noch heute in die Post zu geben.

Tessa war zwar seit Anbeginn dabei, aber auch Mutter eines sechsjährigen Mädchens und alleinerziehend. Nicht gerade die ideale Sekretärin.

»War es nett auf dem Weihnachtsmarkt?«, hörte sie Tessa fragen. Lag da tatsächlich Sarkasmus in der Stimme ihrer Sekretärin?

»Voll war es. Und kalt.« Amelie warf ein sparsames Lächeln ins Vorzimmer und hängte den Mantel an den Garderobenständer. »Ist noch Kaffee da? Wenn ja, bringen Sie mir bitte einen. Ich muss den abscheulichen Geschmack nach Spülmittel in meinem Mund loswerden.« Zudem war Kaffee für Amelie überlebenswichtig, selbst mitten in der Nacht.

Ihre Büroräume in der 8. Etage des Bürokomplexes am Columbus Circle waren durchgängig in Weiß gehalten: weiße Wände, weiße Schreibtische, weiße, bis unter die Decke reichende Schränke. Nur zwei Kunstdrucke an den Wänden und ein fast zwei Meter hoher Gummibaum in einer Ecke von Amelies Büro lockerten die Kühle des Raumes auf. Sie ging zum Fenster und ließ ihre Blicke schweifen. Die Stadt leuchtete in einem Lichtermeer aus Scheinwerfern, Reklametafeln, nervtötenden, blinkenden Sternen und Weihnachtsbäumen. Zu dieser Jahreszeit reisten viele Touristen in die Metropole. Zum Glück bekam sie in ihren Büroräumen von dem Trubel nichts mit. Sie sollte also nicht aus dem Fenster sehen.

Wo blieb denn der verdammte Kaffee?

»Ein Halstuch ... aus der Vorjahreskollektion. Was ist das überhaupt für eine Farbe? Ocker? Popelgrün?«, hörte sie Tessa murmeln.

»Curry, Tessa. Curry«, rief sie nach nebenan und genoss die Vorstellung, wie Tessa erschrocken die Hand vor den Mund schlug oder ertappt das Gesicht verzog. Mit einem Grinsen ließ sie sich in den Chefsessel fallen, schnippte die High Heels von den Füßen, legte ihre schlanken Beine auf den

Schreibtisch und wackelte mit den Zehen. Die Fußnägel hatte sie vor dem Aufenthalt auf Hawaii in einem satten Dunkelrot lackieren lassen. Die Farbe hielt immer noch.

Nachdenklich kaute Amelie auf einem Stift herum. Die Schals hatten sich schlecht verkauft. Musste an der Farbe gelegen haben. Ungeachtet dessen handelte es sich um ein exklusives Stück aus feinster Seide und war für eine Tessa im Normalfall unerschwinglich. Sie sollte froh sein, ein solch edles Accessoire überhaupt zu besitzen.

»Tessa! Was ist jetzt mit dem Kaffee? Und ist der Besprechungsraum eingedeckt? Sie haben doch hoffentlich noch auf dem Schirm, dass in circa einer Stunde die Leute von der Marketing-agentur eintreffen und Sie für den Service einge-teilt sind?«, rief Amelie über die Schulter und öffnete die Verkaufsstatistik der Sommermode.

Zufrieden über die steile, nach oben führende Diagrammkurve lächelte sie. Offensichtlich war die Kampagne ein voller Erfolg. Wunschlos glücklich – bis auf die Tatsache, dass immer noch kein Kaffee vor ihr stand –, griff sie zu dem Stapel Postkarten und blätterte ihn fahrig durch.

Weihnachtsgrüße der Geschäftspartner, manche von Kunden. Nichts Neues. Immer die gleichen Sprüche: *Wir bedanken uns für die gute Zusammenarbeit und wünschen Ihnen und Ihren Mitarbeitern ein frohes Weihnachtsfest und ein erfolgreiches neues Jahr.*

Auf einer der Karten war unter dem Schriftzug *Malones Christmas Wonderland* eine hübsche Schneekugel abgebildet.

Amelie seufzte. »Der gibt auch nicht auf …« Ob seine Frau wusste, dass er seiner Exfreundin seit fünf Jahren eine Weihnachtskarte schickte?

Ohne den Text auf der Rückseite gelesen zu haben, warf sie die Karte zusammen mit den anderen in den Papierkorb.

Wo blieb nur ihr Kaffee, verdammt?

»Amelie? Die Maschine war schon abgestellt«, hörte sie Tessa von nebenan laut sagen. »Ich habe sie wieder angeschaltet, dauert aber, bis sie aufgeheizt ist. Der Besprechungstisch ist eingedeckt. Habe Kekse, Tassen und Gläser hingestellt. Ich muss jetzt los.«

Jetzt reichte es!

Mit Schwung stand Amelie auf, schlüpfte in ihre Manolos – ihre Lieblingsmarke – und stand nach wenigen Schritten vor Tessas Schreibtisch.

»Hören Sie, Tessa!« Amelie stützte sich mit beiden Händen auf und funkelte ihre Sekretärin an. »Ja, es ist Freitag. Na und? Ich habe gleich einen wichtigen Termin und ich erwarte von Ihnen, dass Sie hier mit mir die Stellung halten. Haben Sie das kapiert? Soll ich die Herren etwa selbst bedienen? Sie bleiben hier! Und zwar so lange, wie das Meeting dauert. Und wenn der Kaffeeautomat zu langsam aufheizt, legen Sie eben ein Feuer drunter. Habe ich mich klar genug ausgedrückt?«

Tessa reagierte nicht und starrte sie nur finster an. In die unheilvolle Stille hinein klingelte das Telefon.

»Wollen Sie nicht drangehen?«

Es könnte ein Kunde sein. Oder die Typen der Agentur steckten im Stau fest, was bei der chaotischen Verkehrslage nicht ungewöhnlich wäre.

Tessa nahm den Hörer ab, ohne den Blick von Amelie zu wenden. »*Stylish Amy*, Tessa Lind. Was kann ich für Sie tun?«

Amelie registrierte stirnrunzelnd, wie Tessa schlagartig rot wurde, die Stimme senkte und sich zur Seite drehte.

»Ich komme, so schnell ich kann, bin sozusagen auf dem Sprung.« Dann legte sie auf und in ihre Züge legte sich ein trotziger Ausdruck.

Hoppla, das war neu. Zeit für eine klare Linie.

»So?«, sagte Amelie höhnisch. »Tessa kommt also gleich?«

Tessa nickte ihr knapp zu, stand auf und zog ihre Handtasche unter dem Schreibtisch hervor. »Ja. Ich muss Melinda von Freunden abholen, die jetzt losmüssen, um ihren Flieger zu erreichen. Sie feiern Weihnachten in Kanada bei der Familie. Ich gehe jetzt.«

»Sagen Sie das noch mal. Ich habe verstanden, Sie würden jetzt gehen.«

»Sie haben richtig gehört!« Mit zusammengekniffen Lippen schob sich Tessa an ihr vorbei, griff sich ihre abgetragene Jacke und schlüpfte hinein.

»Moment!« Amelie baute sich vor ihr auf. »Sie werden jetzt auf keinen Fall gehen, Tessa! Ich ...«

»Und wie ich das kann! Mein Kind wartet und meine Freunde müssen pünktlich zum Flughafen!« Tessa hielt die Handtasche vor sich wie ein Schutzschild und starrte ihr äußerst entschlossen und angriffslustig entgegen.

Amelie kochte vor Wut. »Hier geht es um Geld, um viel Geld! Ihre Freunde können von mir aus das Kind hierherkarren oder in einen Bus oder in ein Taxi setzen. Sie können sie ja hier einen Film ansehen oder ein Computerspiel spielen lassen, bis das Meeting beendet ist.«

»Noch einmal: Meine Freunde müssen ihren Flieger erreichen. Man merkt, dass Sie keine Kinder haben, Amelie. Eine Mutter lässt ein sechsjähriges Kind nicht abends in der Dunkelheit alleine Bus fahren oder setzt es in ein Taxi! Außerdem darf Melinda so spät keine Filme mehr ansehen. Und Computerspiele kennt sie gar nicht. Und ich habe …«

Amelie lachte. »Eine Helikoptermutter, dachte ich es mir doch. Dann soll das Kind eben Hausaufgaben machen oder etwas malen. Jetzt rufen Sie schon an und sagen …«

»Nein! Ich habe ihr einen Besuch beim Weihnachtsmann versprochen.« Unbeirrt trat Tessa zur Tür.

Amelie wollte ihr noch etwas hinterherrufen, brachte aber vor Überraschung keinen Ton heraus.

Im nächsten Moment lächelte sie in sich hinein, denn ihre Sekretärin kehrte zurück.

»Wusste ich es doch, dass Sie vernünftig sind.«

»Ach ja?« Tessa griff nach dem Bilderrahmen auf ihrem Schreibtisch und steckte ihn in die Handtasche. »Wissen Sie was? Ich kündige.

Lieber keinen Job als eine Chefin, die nur noch über Leichen geht.«

»Sie kündigen?!« Amelie schwankte. Sie musste sich verhört haben.

»Sehr richtig. Und den hässlichen Schal dürfen sie behalten.« Tessa stürmte an ihr vorbei, raus auf den Flur.

»Den exklusiven Schal, den Sie sich in hundert Jahren nicht leisten könnten«, rief Amelie ihr hinterher. »Es war sowieso ein Fehler, Sie einzustellen. Das hat man davon, wenn man zu gutherzig ist und einer alleinerziehenden Übermutter helfen möchte.« Undankbar war die Frau auch noch. Amelie verkniff sich eine weitere böse Bemerkung.

Als Amelie die Tür schließen wollte, drehte sich Tessa noch einmal um. »Sie und gutherzig? Sie … Sie sind so kalt wie eine Hundeschnauze. Haben Sie überhaupt kein Mitgefühl, kein Herz? Nein, das haben Sie nicht. Nicht einmal an Weihnachten!«

»Weihnachten, Weihnachten … Wen interessiert das?! Weihnachten ist Kommerz. Nicht mehr und nicht weniger.«

Mit Schwung knallte sie die Tür vor Tessas Nase zu. Na toll, gleich kämen die Typen von der

Werbeagentur und sie stand ohne Sekretärin da. Hastig griff sie zum Telefon und wählte eine Nummer. Patrick war schon zu Hause. Typisch. War sie eigentlich die Einzige in dem Laden, die etwas arbeitete?

Es klingelte unerträgliche acht Mal, bevor Patrick Ashton, ihr Finanzmanager und Controller, abhob. Ohne Umschweife legte sie los.

»Patrick, ich brauche dich! Sofort! Was? Ja, das auch, aber erst später. Wie schnell kannst du hier sein?«

Elisa

»Diese Amelie ... Ist sie tatsächlich so herzlos, wie es scheint?« Elisa hatte die Arme um sich geschlungen und rieb mit einer Hand unaufhörlich über ihren Oberarm. »Es ist eine Maske, oder? So gefühllos und gänzlich ohne Empathie kann kein Mensch sein.«

»Was glaubst du, Engel?«, fragte Gott und beendete die Übertragung.

»Schwierig. Ich denke, sie schützt sich vor irgend- etwas. Oder sie weicht sich selbst und ihren Gefühlen aus. Je stärker die Empfindung ist, die sie nicht akzeptieren will, umso stärker muss die Kraft sein, die sie aufwendet, um diese Emotionen zu unterdrücken. Glaube ich ...«

»Du wirst besser, Elisa. Bravo!« Gabriel legte ihr eine Hand auf die Schulter. »Amelie Stone ist zu einem Scheusal mutiert, weil sie nicht zum wieder- holten Male verletzt werden möchte. Und weil sie von klein auf gelernt hat, dass nur der Stärkste die größten Stücke vom Kuchen bekommt.«

»Was hat sie als Kind denn nur erleben müssen, um so zu werden?«

»Sie ist ein Waisenkind und in einer schlimmen Einrichtung aufgewachsen. Ihre Mutter hat sie am Rande der Bronx in die Babyklappe gelegt und sich danach wegen einer unglücklichen Liebe das Leben genommen. Bis zu ihrer Volljährigkeit hat Amelie im Kinderheim gelebt. Am schlimmsten jedoch war der Umstand, dass niemand sie adoptieren wollte …«

»Aber sie ist doch so hübsch? Sie muss ein bezauberndes Kind gewesen sein«, unterbrach Elisa Gabriel ungläubig.

»Ja, das war sie. Aber sie gab sich verschlossen, störrisch und voll Argwohn, nachdem sie zweimal hatte Mitansehen müssen, wie andere Kinder erst neue Eltern bekamen und dann nach der Testphase wieder im Heim landeten …«

»Aber hätte sie nicht …?«

»Ja, hätte sie. Aber sie hat nicht. Amelie musste erleben, dass Kinder Geschenke bastelten und zu Heiligabend ihre zukünftigen Eltern besuchten. Manchmal war es das einzige Weihnachten der Kinder, das sie in ihrer neuen Familie erlebten. Viele landeten wieder im Heim. Dazu kamen weitere Enttäuschungen.

Als Siebenjährige schloss sie innige Freundschaft mit einem anderen Mädchen, doch die für Amelie wundervolle Zeit währte nur kurz, denn die Freundin Clarissa wurde wenige Wochen später adoptiert. Die Kleine versprach zwar zu schreiben, anzurufen und Amelie zu besuchen, doch nichts davon geschah. Amelies Kindheit war geprägt von innerer Einsamkeit, Verzicht, Lieblosigkeit und dem Bewusstsein, dass stets der Stärkere gewinnt. Heute fällt es ihr schwer, Vertrauen zu fassen und emotionale Verbindungen aufzubauen. Das betrifft nicht nur ihre Freundin Sophie, auch diverse Männer.«

»Und Angestellte … Wie traurig«, ergänzte Elisa und setzte zu einer weiteren Frage an, wurde jedoch von Gott unterbrochen.

»Sieh weiter zu. Das war noch nicht alles.«

Jetzt zeigte sich Elisa eine völlig andere Szene. Unmengen von Menschen tummelten sich in einem überdimensionierten, weihnachtlich dekorierten Saal um runde Tische mit Weihnachtskrippen, Baumschmuck in allen Farben, Nussknackern, beleuchteten Miniaturdörfern und vielem mehr. Neben den unzähligen deckenhohen Sprossenfenstern beeindruckten riesige Figuren: Weihnachts- und Schneemänner, Rentiere und Engel.

Elisa konnte sich gar nicht sattsehen. Ein wahres Weihnachtsparadies. Es funkelte und glitzerte, dass es eine wahre Pracht war. Zwischen den vielen Menschen tummelten sich auch Weihnachtselfen, wahrscheinlich verkleidet, also doch Erdlinge. Schade eigentlich. Frauen mit spitzer grüner Mütze, rot-grünem Kleid und roten Stiefeln. Männer in roter, enger Hose, grünem Jäckchen und roter Spitzmütze. Sie verteilten immerfort lächelnd kleine Tüten, trugen Pakete an eine Theke, über der das Wort »Kasse« stand, oder schenkten warme, dampfende Getränke in rote, mit glitzernden Sternen dekorierte Tassen. Wie entzückend.

Auf dem größten aller Tische in der Mitte des Saales entdeckte sie unzählige Schneekugeln, pyramidenförmig arrangiert, sodass es wirkte, als stünde dort ein Weihnachtsbaum aus funkelnden Schneekugeln. Und jede einzelne schien eine andere Szene in ihrem Inneren darzustellen. Ganz oben an der Spitze der Pyramide befand sich die schönste Kugel von allen. Elisa versuchte, sich jedes Detail einzuprägen, wurde jedoch abgelenkt von den reich geschmückten Weihnachtsbäumen, auf deren Spitze je ein strahlender Stern beinahe die Decke berührte. Hunderttausende Lichter funkelten und

Weihnachtsmusik legte sich über das Rauschen von vielen Stimmen.

»Oh, wie wunderbar!«, stieß sie im Überschwang der Gefühle aus. Feiern die Menschen auf diese Art Weihnachten? So viele Gäste ...!«

Hinter sich hörte sie Gabriel kichern und sie schielte stirnrunzelnd über die Schulter. »Der Betaengel weiß natürlich mal wieder alles besser, was?«

»Ganz genau. Das ist ein Winterverkaufsdorf. Genauer: Malones Christmas Wonderland. Kaum zu glauben, aber dort ist ganzjährig Weihnachten. Der Inhaber ist Ryan Malone. Du erkennst ihn an der Weihnachtsmütze und ...«

»Da sind ganz viele mit Weihnachts- und Elfenmützen.«

»Lass mich doch mal ausreden. Du erkennst ihn an der roten Mütze mit dem weißen Troddel und am Kragen seiner grünen Jacke ist ein weißer Kunstpelzbesatz. Die anderen Elfen sind seine Mitarbeiter. Da ist er. Siehst du ihn?«

Elisa beugte sich etwas weiter vor und kniff die Lider zusammen. »Du meinst den großen, attraktiven, dunkelhaarigen Mann, der gerade am Tee genippt und jetzt einen Niesanfall hat?«

Gott lachte. »Genau der. Er ist allergisch gegen Zimt.«

»Das ist zu Weihnachten aber äußerst unpraktisch.« Sie beobachte, wie Ryan Malone, der so groß war, dass er die meisten der Menschen um einen Kopf überragte, lächelte, einer Mitarbeiterin die Tasse zurückgab und sie überschwänglich lobte. Dann reichte er ihr einen Umschlag und zwinkerte. Die blonde Elfenangestellte strahlte über das ganze Gesicht.

»Er muss ein guter Boss sein«, sagte Elisa nachdenklich.

»Das ist er.« Gabriel nickte und verschränkte die Arme vor der Brust. »Jeder schätzt ihn und sein Team gibt alles. Er hat das Weihnachtsdorf in den letzten fünf Jahren zu einem Publikumsmagneten aufgebaut. Mittlerweile gehört er zu den wohlhabendsten Männern New Yorks.«

»Das sieht man ihm aber gar nicht an«, bemerkte Elisa. »Er wirkt so … so natürlich und herzlich, eher wie einer seiner Mitarbeiter, aber nicht wie ein Boss.«

An der Stelle fror der Herr die Liveübertragung ein und drehte sich zu Elisa um. »Seine Mitarbeiter sind seine Familie, keinen lässt er aus seiner Verantwortung fallen. Dabei vergisst er sich manchmal selbst und vernachlässigt sein privates Glück.«

Aufgeregt zuckte Elisa mit den Flügeln. »Gehe ich richtig in der Annahme, dass ich Ryan mit Amelie zusammenbringen muss?«

»So sieht es aus. Siehst du auf dem Tisch mit den Schneekugeln die oberste? Das ist Ryans erste produzierte Schneekugel. Präge sie dir gut ein, während ich dir den Rest erkläre.«

Amelie

»Cheers, Patrick. Auf einen erfolgreichen Abend. Und auf uns. Danke, dass du dabei warst.« Ihre Gläser stießen leicht aneinander und der Champagner schwappte leicht.

»Gerne. Im Übrigen zolle ich dir Respekt! Du scheinst nicht nur ein Händchen für männliche Körper zu besitzen, auch für Verhandlungen mit Geschäftspartnern.«

»Ja, ich hätte nicht gedacht, dass die Agentur auf den Rabattvorschlag eingeht.« Amelie nickte zufrieden, nippte am Glas und stellte es auf dem Glastisch vor dem Ledersofa ab. »Wer nicht wagt, der nicht gewinnt.«

»Gewinnen liegt dir im Blut, hm?« Patrick trank mit einem Zug sein Glas leer, stand auf und knöpfte sein Hemd zu.

Vor einer knappen halben Stunde noch hatte sie es ihm langsam und genüsslich ausgezogen. Nach und nach verschwanden die deutlich sichtbaren Muskeln seiner durchaus attraktiven Körpermitte unter dem Hemd. Kurz zuvor hatte sie genau diesen Teil in der festen Umklammerung ihrer Schenkel beherrscht. Ein Sixpack törnte sie an und Patrick besaß die reizvollsten sechs Ausbuchtungen zwischen Brust und Lenden, die sie jemals gesehen hatte.

Und genau da lag für sie der einzige Zauber von Weihnachten. Auf Patricks Sixpack. Ihr Weihnachtsgeschenk an sich selbst.

Amelie kicherte, stand auf und schlüpfte in Rock und Bluse. Als einziger nackter Mensch in diesem Raum fühlte sie sich irgendwie unbehaglich.

Anschließend schenkte sie sich nach und trat an das große Fenster. Ihr Blick wanderte zum Horizont. Selbst mitten in der Nacht pulsierte in dieser Stadt das Leben. Und sie – Amelie Stone – stand oben. Noch nicht ganz oben in der Liste der berühmten Modelabels, aber fast.

Wie so oft stellte sie sich die Frage, ob sie Patrick bitten sollte, mit zu ihr zu fahren. Doch sie wusste nicht, ob sie das auch tatsächlich wollte. Sowohl Hirn als auch Herz hielten sich bei dieser Fragestellung dezent zurück und ließen sie im Stich. Ebenso wie all die anderen gesichtslosen und auf den zweiten Blick indiskutablen Männer schien Patrick ebenfalls einer von denen zu sein, die bis zum nächsten Morgen blieben oder auch nicht. Es war schlichtweg belanglos. Gleichermaßen intensiv wie ihre Neugier auf Patricks ungewaschenen Morgenduft quälte sie die Verlockung, einen weiteren Versuch zu starten. Sie mochte die haarlose Brust, die Art, wie er sie berührte. Und sein Sixpack. Sie liebte den Duft nach Sex, darunter den Geruch eines herben Duschgels, ein Hauch Rasierwasser. So austauschbar. Immer wieder aufs Neue. Würde sie ihn ungewaschen auch noch riechen können? Es fehlte etwas. Es fehlte die Musik in ihr. Diese leisen Schwingungen, die jede einzelne Zelle in ihr zum Klingen brachten. Das hatte bislang nur einer geschafft. Brüsk drehte sie sich vom Fenster weg.

Gefühlsduselei! Darauf konnte sie ebenso verzichten wie auf Geburtstags- oder Weihnachtsfeste, Thanksgiving, Namens- und Valentinstage. Sollten doch alle anderen Puderzucker über ihr Leben streuen. Die Realität bestand immer aus harten Tatsachen.

»Ich gehe dann mal«, hörte sie Patrick sagen. »Bin noch verabredet.«

Amelie seufzte verhalten auf und hob eine Hand. »Ja, grüß wen auch immer von mir.«

Dabei drehte sie sich nicht einmal um. Warum auch? Um dem Blick Patricks zu begegnen und den leichten Spott in seinen Augen zu entdecken, der tief darin schlummerte? Geschenkt. Sie beide hatten eine Art geschäftliche Liaison, nichts weiter.

Kurz darauf hörte sie die Tür in Schloss fallen.

Mit einem Zug schüttete sie den Rest des Champagners in sich hinein und stellte das leere Glas neben Patricks. »Brr, ab dem dritten Glas schmeckt das Zeug nicht mehr.«

In dem Raum hing der Duft von Sex. Raus damit! Mit einer kantigen Bewegung schaltete sie die Lüftung auf höchste Stufe. Das Bedürfnis, heiß duschen zu müssen, wurde übermächtig. Bevor sie jedoch in ihr stilvolles, frei stehendes Haus in der Nähe des Van Cortlands Park fahren würde, musste sie ein wenig Ordnung schaffen. Später würde sie so heiß duschen, bis ihre Haut krebsrot war.

Schnell stellte sie die halb volle Flasche zurück in den Barschrank und spülte in der firmeneigenen Küche die schmalen, sündhaft teuren Gläser per Hand.

Genug für heute.

Plötzlich hörte sie Schritte und ein »Autsch!«.

Einbrecher?!

Elisa

In Gedanken versunken schritt Elisa die langen Reihen der Kleiderständer und Regalfächer des Ausstattungssaals im Bereich »Winter« ab.

Dass sie direkt nach der Verkündung auf die Erde musste, war sie ja mittlerweile gewohnt, aber dass man ihr so verdammt – Verzeihung, Herr – wenig Zeit ließ, hatte sie dann doch überrascht. Wie sollte sie das nur in dieser lächerlich knappen Zeit schaffen?

Amelie musste in der Nacht zum 25.12. vor oder spätestens um null Uhr, mit Ryan Malone zusammenkommen. Ansonsten wäre sie verloren und Ryan würde nie eine glückliche Beziehung führen können, kinderlos bleiben und einsam sterben.

Zwei Tage ... Elisa schüttelte den Kopf und schnaubte. Hätte man sie nicht ein bisschen früher runterschicken können? Nein, es musste mal wieder kurz vor knapp sein. Das war so typisch. Ob er das mit allen Alphaengeln so praktizierte? Oder war es ein Test? Mal sehen, wie der noch unerfahrene Engel unter Druck arbeitete? Unverschämtheit.

»Das sehe ich anders!«, drang unvermittelt Gottes Stimme durch den Saal. »Und jetzt hör auf zu schmollen und beeile dich. Ich erwarte dich in spätestens zehn Minuten zurück.«

»Ja, ja, ist ja schon gut.« Sie zog die Schultern hoch, murmelte eine hastige Entschuldigung und bog in den nächsten Gang ein.

Die Fächer waren gefüllt mit Stoffen verschiedenster Farben, Größen und Qualität. Beim ersten Mal war sie von der Auswahl überfordert gewesen und hatte sich tatsächlich für das Outfit einer Primaballerina entschieden, nicht wissend, dass sie im Gang für Künstler und Aussteller gestanden hatte. Zum Glück hatte ihr Josie, der Ausstattungsengel, geholfen. Mittlerweile wusste Elisa, dass sie erst nach oben blicken und den Hinweisschildern folgen musste.

Vor einem Regal mit unzähligen Fächern blieb sie stehen.

Ohne lange zu überlegen, griff sie nach einer schneeweißen Wollmütze und den dazu passenden Handschuhen. Aus einem Fach daneben zog sie zwei Pullover, einen weißen mit einem großen Glitzerstern auf der Mitte und einen roséfarbenen Kuschelpulli mit weißen Rentieren darauf. Dazu eine weiße Hose, die sich wunderbar samtig anfühlte und ebenfalls glitzerte, ein Kleid aus dunkelgrünem Brokat ... Oh, und dieses hier musste unbedingt auch mit auf die Erde.

Verzückt hielt Elisa ein schulterfreies, knallrotes Kleid in die Höhe. Ein dreifingerbreites, weißes Satinband, das in der Mitte zu einer Schleife gebunden war, zierte den geraden Ausschnitt und am Saum des weit schwingenden Rockes prangte rundherum ein bauschiger Streifen aus weichen Federn.

Absolut entzückend. Elisa quietschte auf vor Vergnügen. Sie packte das Kleid auf den Stapel und griff zu einem Daunenmantel mit jeder Menge Glitzer und Flauschbesatz – weiß natürlich – und legte

zwei Paar kuschelige, rot-weiß gestreifte Knie-
strümpfe dazu. Jetzt noch Schuhe.

Ihr Blick blieb an weißen Stiefeln mit Kunstpelzbesatz hängen. Wunderbar. Dann griff sie zu einem
Paar Slipper, deren grüne Spitzen lustig nach oben
schauten. Wie niedlich.

Josie würde raten, etwas unauffälligere Kleidung
zu wählen, aber diese Kleider hatten es einfach sein
müssen. Und die weichen Stiefel. Sie fühlte sich
ausgesprochen wohl mit ihrer Entscheidung.

Elisa zuckte zusammen, als unvermittelt Josie
neben ihr auftauchte.

»Verzeih mir, ich bin etwas spät. Hast du dir
schon …« Josie blieb wie angewurzelt stehen. Ihr
Blick taxierte amüsiert den Kleiderstapel. »Wie ich
sehe, hast du schon. Nun, ich denke, die Kleider
sind zwar sehr weihnachtlich, aber ein klein wenig
unpraktisch. Du wirst sie nicht brauchen. Und die
hier – sie hob die grünen Schuhe hoch – ebenfalls
nicht. Außer, du möchtest als Weihnachtselfe in
Malones Christmas Wonderland mitarbeiten.
Außerdem genügt das, was du hier hast. Deine Zeit
ist knapp bemessen, habe ich gehört. Komm.«

Elisa ließ sich von Josie zu einem Paravent am
Ende des Ganges ziehen. »Zieh dich schon mal um.

Ich gehe und hole noch Unterwäsche, ein Schlafshirt und noch ein paar Schuhe. Bin gleich wieder da.«

»Aber ich hab doch die Stiefel.« Elisa zog ihr weißes Gewand aus und spähte über den Rand der Abtrennung. Sie erhielt jedoch keine Antwort. Seufzend schlug sie ein letztes Mal für zwei Tage mit den Flügeln.

»Hier!« Wie aus dem Nichts war Josie bei ihr und legte ein kleines Wäschebündel und ein paar flache Schnürschuhe aus Wildleder neben die anderen Kleidungsstücke. »Und jetzt dreh dich um, bitte.«

»Ungern ...«

»Ich weiß.«

Elisa spürte bereits zum dritten Mal den kleinen Schmerz, gerade so, als würde ihr einmal in jedes Schulterblatt gezwickt. Trotzdem zuckte sie zusammen und schlug automatisch mit den Flügeln, doch sie registrierte nur die Bewegung ihrer Muskeln. Das leichte Rauschen blieb aus, ebenso der sanfte Lufthauch.

Bei ihrem ersten Einsatz hatte sie sich maßlos erschreckt und sich ohne ihre Flügel unvollständig gefühlt. Sie hatte sich auch die Frage gestellt, wie sie fliegen sollte.

Gott hatte sie aufgeklärt: »Gar nicht. Das gehört zum Menschsein, Elisa. Die Menschen zwängen sich in Kleider, die ihnen nicht entsprechen, sagen Dinge, die sie nicht meinen, und laufen gelegentlich auf Schuhen, die sie behindern.«

Mittlerweile freute sie sich darauf, wie ein Mensch auf Erden zu wandeln. Na ja, zumindest als ein Engel, der den Anschein erweckte, er wäre einer.

»Jetzt aber husch!«, sagte Josie und gab ihr einen Klaps auf den Hintern.

Hastig legte Elisa die kleine Auswahl an Kleidung ordentlich auf einen Stapel und eilte zum Herrn. Zusammen mit Gabriel saß er an einem langen Tisch und unterbrach das Gespräch, als sie eintrat.

Gott reichte ihr die vertraute Damenhandtasche aus feinstem hellbraunen Leder. »Hier drin findest du das Übliche: Ausweispapiere, Führerschein, Krankenkassenkarte, Hausschlüssel und etwas Geld.«

»Ich weiß. Dollar oder Euro? Dollar, oder?«

»Richtig.«

»Ich heiße doch nicht etwa schon wieder …« Sie senkte den Kopf und warf ihm einen lauernden Blick zu.

»Sevencloud. Doch. Gewöhne dich dran.«

Wie auch die letzten Male zog sie den Geld-
beutel aus der Tasche und öffnete ihn: Geld-
scheine, Münzen, verschiedene Karten. Immer
noch verstand sie nicht, warum die Menschen all
dieses Zeug brauchten. Es kam ihr so überflüssig
vor.

Auf einer der Karten prangte ihr das bereits
bekannte Foto und noch immer fand sie es nicht
sehr gelungen. Die Elisa auf dem Bild lächelte
nicht und blickte wie eingefroren drein.

Naserümpfend wandte sie den Kopf zu Gabriel,
der inzwischen aufgestanden war und mit ver-
schränkten Armen grinsend an der Wand lehnte.

»Du amüsiert dich jedes Mal über mich, richtig?«

»Und du ärgerst dich jedes Mal über deinen
Namen und dein Foto. Wird dir das nicht lang-
weilig?«

»Ihr zwei seid ja schlimmer als ein Sack Flöhe«,
schmunzelte der Herr, und klatschte in die
Hände. »Los geht's! Dein dritter Einsatz wartet.
Beginne am besten mit dem Zauber der Weihnacht und fall nicht gleich mit Ryan ins Haus,
sonst blockt Amelie ab.«

»Was sie sowieso tun wird«, bemerkte Gabriel
lakonisch.

»Nur noch kurz: Was bin ich diesmal?«, wollte Elisa wissen. »Eine Kollegin oder eine Putzfrau?«

»Weder noch.«

Gibt es mit weihnachtlichem Glitzer ...

... bestäubte Zwangswesten, die man erwerben kann, um sich anschließend selbst einzuweisen?

Amelie

Schlagartig klopfte ihr das Herz bis in den Hals. Amelie hastete zur Tür und schaltete das Licht aus. Waffe! Sie brauchte eine Waffe! Nur welche? Das Mondlicht reichte aus, um die Umrisse der Gegenstände im Raum zu erkennen. Außerdem kannte sie sowieso jeden Zentimeter hier, schließlich war sie mehr im Büro als in ihrer Wohnung.

Da, der Brieföffner. Ausnahmsweise mal ein nützliches Kundenpräsent. Sie hatte es letztes Jahr von einem Geschäftspartner erhalten.

Mit dem spitzen Brieföffner aus Edelstahl positionierte sie sich hinter der Tür und schloss die Augen. Ihre Hand mit dem schmalen, aber sehr spitzen Gegenstand darin zitterte unkontrolliert. Inständig hoffte sie, von den Einbrechern unentdeckt zu bleiben.

Amelie hielt die Luft an, als sich die Schritte näherten.

Amelie schloss beide Hände um den Brieföffner und hielt ihn krampfhaft vor die Brust. Nicht dass sie das dünne Edelstahlteil noch fallen ließe und es sie durch ein lautes Geräusch auf den weißen Fliesen verriet.

»Hallo? Hallo, ist jemand da?«

Was zur Hölle? Das war eine Frauenstimme! Und sie klang nicht unfreundlich, im Gegenteil. Erleichtert, aber nicht weniger wachsam ließ Amelie die Hände sinken und verließ ihren Platz hinter der Tür.

Sie atmete tief durch, riss die Tür auf und streckte die Hand mit der Waffe vor. »Wer sind Sie und was suchen Sie mitten in der Nacht in meiner Firma?!« Der Anblick der jungen Frau überraschte sie jedoch mehr, als sie sich eingestehen wollte.

Vor ihr stand eine sehr aparte Frau und lächelte sie an. Ein ausgesprochen herzliches Lächeln. So herzlich, dass es selbst den glitzernden Daunenmantel und die langen, fast golden schimmernden Haare überstrahlte. Unbemerkt entglitt Amelie der Öffner und fiel mit einem hellen Scheppern zu Boden.

Das schillernde Wesen streckte ihr eine behandschuhte Hand hin. »Du musst Amelie sein. Hallo, ich bin Elisa. Bin doch glatt an die Wand gelaufen bei der Materialisierung. Verzeih, wenn ich dich erschreckt haben sollte.«

Unschlüssig, ob sie die Waffe aufheben, der Frau die Hand reichen oder sie gleich abführen lassen sollte, starrte Amelie sie einfach nur sprachlos an. Das war ihr auch noch nicht passiert.

Sie beschloss, weder zum Öffner noch zur Hand zu greifen. Einen Augenblick später hatte sie ihre Fassung wiedergewonnen.

»Beantworten Sie meine Frage!«, sagte sie stoisch und hatte nicht die Absicht, die Person hereinzubitten. »Der Wachdienst ist bereits informiert und müsste jeden Moment hier sein.«

Doch anstatt beeindruckt zu sein, zupfte diese Elisa in aller Seelenruhe die Handschuhe von den Fingern, steckte sie in die Manteltasche und schob sich frech an ihr vorbei in den Raum.

»Du schwindelst nicht gut, Amelie. Du hast weder den Wachdienst gerufen noch die Cops. Ach, welch ein herrlicher Ausblick. Ihr Menschen habt so vieles, was uns fehlt.«

Amelie verfolgte entgeistert, wie die Frau zum Fenster trat und hinausblickte.

»Was reden Sie für einen Müll? Sind Sie irgendwo ausgebrochen? Wenn ich Sie jetzt bitten dürfte zu gehen …« Energisch trat sie zu ihr, wollte sie am Arm packen und nach draußen befördern. Allerdings blieb es bei der Absicht. Denn als sie die Frau erreichte, drehte sie sich um und legte ihr eine Hand auf den Arm.

»Hör zu, Amelie. Machen wir es kurz, denn wir haben nicht viel Zeit. Ich bin ein Engel und …«

»Natürlich … Und ich bin die First Lady. Es reicht! Gehen Sie! Sofort!«

Amelie wandte sich von ihr ab und steuerte mit langen Schritten die Bar an. Dort hatte sie das Telefon abgelegt. Hastig wählte sie die Nummer des Empfanges und drehte sich dabei zu der Verrückten um. So eine durfte man nicht aus den Augen lassen. Und warum lächelte sie so komisch? Die war aus einer Nervenheilanstalt entwischt, keine

Frage!

Nach fünf Klingeltönen wurde abgenommen.

»Schicken Sie sofort zwei Leute zu *Stylish Amy* hoch. Hier ist eine Einbrecherin.«

»Das ist schon in Ordnung, Miss Stone«, sagte eine ihr fremde Stimme. »Sie ist nur ein Engel und wird Ihnen garantiert nichts antun. Ach ja, verrückt ist sie im Übrigen auch nicht. Wie gesagt, sie ist ein Engel.«

Als wäre das Telefon ein glühendes Stück Kohle, warf Amelie es weit von sich. War sie verrückt geworden? Träumte sie? Genau, es musste ein Traum sein. Ohne Zweifel. Ein seltsamer Traum. Sie musste eingeschlafen sein.

»Nein, du träumst nicht. Mein Name ist Elisa S… Ach, einfach nur Elisa. Und ich bin hier, um dir den Zauber der Weihnacht wieder nahezubringen.«

»Um was?!« Amelie traute ihren Ohren nicht.

»Na, Christmas eben … Und noch ein paar Dinge mehr, aber …«

»RAUS!« Amelie deutete mit ausgestrecktem Arm zur Tür. Vielleicht sollte sie einfach die Augen schließen? Gute Idee. Wenn sie sie wieder öffnete, lag sie sicher zu Hause in ihrem Bett.

»Vergiss es, das funktioniert nicht«, hörte sie die

Verrückte sagen und öffnete die Augen wieder.

»Gut! Dann gehe eben ich!« Wutentbrannt stürmte sie aus dem Zimmer, griff sich Handtasche und Mantel und verließ ihre Büroräume.

War das noch zu fassen? Sie flüchtete aus ihrer eigenen Firma …

Unten angekommen, nahm sie sich den Mann hinter dem Empfangstresen vor.

»Sagen Sie, wollen Sie mich auf den Arm nehmen, oder was? Sie schicken jetzt sofort – SOFORT – zwei Wachmänner hoch und entfernen diese Wahnsinnige aus meinen Büroräumen! Ist das klar?!«

Sie erntete einen entgeisterten Blick: »Ja, sicher, Miss Stone. Sofort, Miss Stone.«

Mit Genugtuung registrierte sie, wie er zum Tele-fonhörer griff, warf ihm einen reservierten Blick zu und verließ aufgebracht das Bürogebäude am Columbus Circle.

Erleichtert sprang sie ins nächste Taxi. Wenn sie nicht träumte, was war es dann? Oh, vielleicht hatte die Konfrontation mit dem Laternenpfahl vor ein paar Wochen weitreichendere Auswirkungen als diagnostiziert. Wie dämlich von ihr, beim Gehen ihre Mails abzurufen. Seitdem zwang sie sich, dies nicht mehr zu tun.

Amelie betastete die kleine Narbe über ihrer Augenbraue. Es tat schon lange nicht mehr weh und die Schwellung war bereits nach wenigen Tagen zurückgegangen. »Nicht einmal eine Gehirnerschütterung«, hatte der Arzt gesagt, als er die kleine Platzwunde genäht hatte.

Elisa

Eine harte Nuss, diese Amelie Stone.

Elisa fuhr sich mit beiden Händen durch die vollen Haare und atmete tief durch. Welches Echo sie auch immer erwartet hatte, wenn sie sich als Engel vorstellte, die Reaktion von Amelie machte ihr zu schaffen. Dabei hatte sie es kaum erwarten können, sich endlich einmal als Engel zu erkennen geben zu dürfen. Keine Kollegin, keine Putzfrau. Nur sie, Elisa, der Engel. Offenbar konnten die Menschen nicht damit umgehen. Nun, zumindest Amelie nicht.

Elisa drehte sich zum Fenster und malte ein »G«

auf die Scheibe. Im nächsten Moment erschien Gabriel auf der Oberfläche, grinste sie an und hielt ein Glas mit einer milchigen Substanz darin hoch.

»Prösterchen! Ein Glück, dass Amelie nicht mitbekommen hat, dass der Empfangsmitarbeiter nicht im Traum daran dachte, den Wachdienst zu rufen.«

»Warum nicht? Ist das nicht seine Pflicht?«

»Weil keine einzige Überwachungskamera dich entdecken kann. Sieht alles normal aus.«

Elisa kicherte. »Na, dann. Was hast du da eigentlich in der Hand?

»Nach was sieht es denn aus?«

»Komm, hör schon auf. Du weißt genau, dass es keine Gläser im Himmel gibt. Kein Essen, keine Getränke. Nichts, was den Gaumen kitzelt, außer man hat versehentlich ein Stückchen Wolke eingeatmet. Also raus mit der Sprache.«

»Der Herr macht uns ein Geschenk zu Weihnachten«, erklärte Gabriel und steckte ein buntes Schirmchen an einem Holzstab in das Glas. »Das ist ein himmlischer Cocktail. Er nennt ihn *Cloud Colada Virgin Style*. Schöne Idee, nicht wahr?«

»Und was ist da drin? Sieht aus wie aufgeschäumte Milch.«

Gabriel lachte und schüttelte den Kopf. »Milch …
Also, bitte. Nein, viel besser! Das ist ein Wolkencocktail mit Chrushed Ice. Gut, es schmeckt
nach … Ehrlich gesagt, schmeckt es nach nichts.
Aber es ist angenehm fluffig.«

Elisa zog die Brauen hoch. Ein Wolkencocktail …
Gut. Immerhin ein Schritt in die richtige Richtung.
Vielleicht würde sich der Herr mit der Zeit zu
etwas mit mehr Geschmack überreden lassen.

»Na dann … Hör zu, Gabriel. Ich habe ein Problem. Amelie ist …«

Gabriel winkte ab. »Ich weiß. Sie hat fluchtartig ihr
eigenes Büro verlassen. Bleib ihr auf den Fersen.
Du weißt ja, wo sie wohnt.«

»Ja, am anderen Ende der Stadt. Mir geht wertvolle Zeit verloren. Habe ich ein Auto? Wenn ja,
wo … Okay, kannst du mal bitte dieses dämliche
Grinsen lassen? Ich habe nicht viel Zeit, das weißt
du genau.«

»Eben.«

»Eben?!«

»Hast du vergessen, dass du von Einsatz zu Einsatz Fähigkeiten entwickeln kannst? Erinnere dich
an deinen ersten Job. An den Moment, als du

zusammen mit Jule und den anderen vor Simons Haus standest und die eine – ich habe den Namen vergessen – den Autoreifen aufschlitzen wollte.«

Schlagartig schraubte sich ein Bild in Elisas Erinnerung und sie legte die Hand auf die Wange. »Stimmt! Danke! Ich habe die Zeit angehalten und sie sogar zurückgespult. Das war … Das war …«

»Der Hammer?«

»Genau!« Elisa tippte mit dem Zeigefinger auf die Scheibe. »Aber was bringt es mir, wenn ich jetzt die Zeit anhalte? Oh! Oh … Ja, ich halte die Zeit an und fahre mit dem Auto zu ihr.«

Welch eine blendende Idee, die Gabriel ihr soeben präsentiert hatte. Warum war sie da nicht selbst draufgekommen? Und warum schmunzelte Gabriel jetzt und schüttelte den Kopf? Das verunsicherte sie.

»Das wäre eine Möglichkeit. Aber selbst mitten in der Nacht sind Manhattans Straßenschluchten voll. Du kämst mit dem Wagen nicht weit. Überlege doch mal, wie du am schnellsten zu Amelie gelangen könntest. Mehr darf ich dir leider nicht verraten. Du musst von selbst darauf kommen und dir diese Fähigkeit aneignen. Anordnung von ganz oben. In diesem Sinne …« Er hob das Glas, zwinkerte ihr zu, und in der nächsten Sekunde war die Fensterscheibe wieder nur eine Fensterscheibe.

»Na super ...«

Die nächsten Minuten schlich Elisa durch das Zimmer, rückte eine Schale mit Keksen gerade. Oh, Kekse! Sie steckte einen davon in den Mund. Köstlich. Cross, leicht. Ein Waffelkeks mit Schokoladenfüllung. Sehr lecker. Sie schloss die Augen und genoss den Geschmack auf ihrer Zunge. Einfach köstlich. Kurzerhand griff sie zu und eine Handvoll der Leckerei landete in ihrer Manteltasche. Als Wegzehrung sozusagen.

Urplötzlich überwältige sie ein Gedanke. Natürlich! Herrje, wieso war ihr das nicht gleich in den Sinn gekommen? Wenn sie für den Weg durch die Dimensionen vom Himmel zur Erde nur Sekunden benötigte, dann sollte es ihr auch gelingen, auf eine ähnliche Weise zu Amelie zu gelangen. Es gab nur einen Unterschied. Auf die Erde wurde sie von Gott geschickt, darauf hatte sie keinen Einfluss. Gar nicht so einfach, als Engel mit beschränkten Fähigkeiten und ohne Flügel Probleme zu lösen.

Aber sie durfte sich nicht beschweren, die Erdlinge waren den alltäglichen Schwierigkeiten ständig ausgesetzt und lösten diese ohne das geringste Fingerschnipsen. Außerdem musste sie sich zunächst bewähren.

Im Prinzip hatte sie zwei Aufgaben zu bewältigen. Amelies Misere – und ihre eigene.

Nachdenken, Elisa! Wie hattest du die Sache mit der Zeit bei Jule bewältigt?

Elisa versuchte, sich zu erinnern. Sie war wütend gewesen, sehr wütend. Ulli hatte Rachegefühle entwickelt und wollte eine Straftat begehen. So etwas durfte ein Engel nicht dulden. Elisa war entsetzt gewesen. Entsetzt und wütend. Und verzweifelt. Und dann war es irgendwie passiert. Sie hatte unbewusst die Zeit angehalten und anschließend sogar zurückgespult, um die Ausgangssituation zu ändern. Gefühle! Das war ihr Schlüssel. Starke Gefühle!

Aus dem Off meldete sich eine Stimme. »Dir läuft die Zeit davon, Elisa! Und Amelie ist in ihrem Herzen todunglücklich und …«

Elisa nickte und spürte, wie ihre Augen brannten. »Und Ryan liebt sie immer noch, ganz tief drinnen kann er sie nicht vergessen. Aber er verdrängt es. Das ist so traurig …«

»Ja. So unglaublich traurig …«

Eine einsame Träne rann Elisa über die Wange. Sie schluchzte auf. Der Gedanke, dass sich die beiden niemals wiederfinden könnten, war fast unerträglich. Diese Amelie war aber auch zu verbohrt! Nicht mal ein halbes Jahr hatte sie es mit Ryan ausgehalten und ihn dann kurz vor Weihnachten abserviert. Und warum? Weil sie mit so einem gefühlsduseligen Mann, so einem Weichspüler, der jedes Weihnachten in den Mittelpunkt seines Lebens stellte, nichts anfangen konnte. Das waren Amelies Worte gewesen und sie hatten Ryan das Herz gebrochen. Trotzdem hatte er ein Jahr später geheiratet und …

Elisa schlang die Arme um sich und schloss die Augen.

Amelie Stone! Ich werde dir den Zauber der Weihnacht zeigen, ob du willst oder nicht. Und du wirst wieder lieben lernen, so wahr ich ein Engel bin, du verbohrte Manoloträgerin!

Als sie die Augen öffnete, stand Elisa in einem weitläufigen, von warmem Wasserdampf eingehüllten Badezimmer. Schwarzer Marmor, ein großer Spiegel. Amelie unter der Dusche.

Das war ja einfach! Elisa wunderte sich nicht lange, dazu war sie zu sehr Engel. Aber auch Engel schwitzten. Schnell schlüpfte sie aus dem Daunenmantel, setzte sich auf einen Hocker und stützte amüsiert das

Kinn in die Hände.

Amelie

Das Wasser rann ihr heiß über den Nacken. Amelie stöhnte wohlig auf. Stundenlang könnte sie einfach nur unter der Dusche stehen und sich solche Tage wie heute schlichtweg abwaschen.

Der heiße Dampf machte die Haut weich und war zudem ideal, um die Poren zu öffnen und so Toxine auszuleiten. Das hatte sie in einer der Frauenzeitschiften im Wartezimmer des Arztes gelesen.

Für heute war es genug. Amelie drehte das Wasser ab und tastete nach dem Handtuch, das etwas außerhalb der bodenebenen Dusche an einem Haken hing. Aber es war nicht an seinem angestammten Platz. Verdammt, wo …?

»Hier, bitte.« Jemand drückte ihr das Handtuch in die Hand. Amelie schrie auf, hechtete in eine Ecke der großräumigen Dusche und bedeckte ihren nackten Körper notdürftig mit dem Badetuch.

Der Nebel lichtete sich. Vor ihr stand die Verrückte und lächelte sie an!

Amelie brachte keinen Ton raus. Sie musste jemanden anrufen! Sofort!

»Weg!«, stieß sie hervor und stürzte an ihr vorbei ins Wohnzimmer.

Hektisch wickelte sie das Handtuch um ihren Körper und hielt es mit einer Hand auf Brusthöhe zusammen. Wo hatte sie nur …? Ah, da lag es ja. Schnell griff sie danach und tippte mit zittrigen Fingern Patricks Nummer.

Jetzt geh schon dran, Patrick!

»Entschuldige bitte, dass ich dich so überfallen muss, aber es bleibt nicht viel Zeit«, hörte sie die Verrückte hinter sich. Auf dem Absatz wirbelte sie herum.

»Bleib mir vom Leib, ja? Wer immer oder was immer du auch bist!«

Zur Hölle, Patrick war nicht zu Hause. Stimmt, er hatte erwähnt, er wolle sich noch mit jemandem treffen.

»Ein Engel bin ich, aber das sagte ich dir bereits. Was glaubst du, wie ich sonst hier hätte hereinkommen können?«

»Oooh, da gibt es viele Wege!«

Amelie tippte die Nummer von Sophie ein und

wich noch mehr vor der Verrückten zurück, die sich jetzt seelenruhig auf die Couch setzte und die Hände im Schoß faltete.

Anrufbeantworter. Mist!! Polizei! Natürlich. Nanu? Ein schwarzes Display? Nein, bitte nicht! Nicht jetzt. Fiebrig suchte sie das zweite Telefon. Und fand es nicht. Handy! Natürlich.

»Ist auch leer. Die Mühe kannst du dir sparen. Möchtest du nicht erst einmal zur Ruhe kommen und mir zuhören?«

»Nein!« Panisch stürmte sie aus dem Raum hinüber ins Schlafzimmer.

Und schrie auf. Die Bekloppte lehnte an ihrem Kleiderschrank.

»Ich sagte doch, ich bin ein Engel. Du hast ein hübsches Haus, Amelie. Nicht weit vom Hudson River entfernt, viel Grün drum herum. Warum wohnst du nicht mitten in Manhattan? Das Büro wäre schneller zu erreichen. Oder gefällt dir die exklusive Nähe zu einem mondänen Golfplatz und dem Riverdale Jachtclub? Oder etwa die Natur, die Ruhe? Vielleicht sehnst du dich ja insgeheim auch nach den schönen Dingen des Lebens, hm?«

»Weg da!« Hastig zog Amelie Hose und Pulli aus

dem Schrank, zog sich in Windeseile an und schlüpfte in ein paar flache Schuhe. »Du bist ein Hirngespinst mit Sprechdurchfall. Ich muss doch eine Gehirnerschütterung davongetragen haben. Oder Schlimmeres.«

»Hast du nicht. Du bist bei vollem Verstand, ziemlich wach und ... okay, leicht betrunken. Aber ansonsten absolut gesund. Manche wären froh, wenn ...«

»Halt die Klappe!« Amelie zweifelte an ihrem Verstand. Eilig schloss sie ihr Handy an die Powerbank an, warf beides in die Handtasche und stürmte aus dem Haus.

Sie rannte die Straße hinauf und winkte nach einem Taxi. Sie hatte ihre Jacke vergessen. Doch sie war so aufgeregt, dass sie nicht einmal fror.

Eine halbe Stunde später trat eine junge Assistenzärztin des *Lower Manhattan Hospital* von ihr zurück und steckte die Hände in die Kitteltaschen.

»Sie sind absolut gesund, Miss Stone.«

»Das wissen Sie, indem Sie mich abhören, mir tief in die Augen sehen und ein paar lächerliche Fragen stellen? Ich meine, wollen Sie mich nicht röntgen oder ein MRT veranlassen? Oder einen Ultraschall machen?«

War die noch bei Trost?

»Warum sollte ich das tun? Dazu besteht meiner Meinung nach keine Veranlassung.«

»Vielleicht ist mir ein Äderchen im Kopf geplatzt? Wissen Sie, der Aufprall auf den Laternenpfahl vor einigen Wochen … Könnte es nicht sein, dass da irgendetwas einblutet? Hier, hinter der kleinen Narbe?« Sie deutete auf die Stelle an ihrer Stirn. Wenn sie nicht schlief und auch sonst nichts hatte, dann musste sie verrückt sein. »Sehen Sie, hier!«

»Ja, ich sehe. Und nein, da ist nichts, Miss Stone. An Ihrer Stirn befindet sich lediglich eine kaum sichtbare Narbe von einer sehr kleinen Platzwunde stammend, die vor vielen Wochen professionell versorgt wurde und gut verheilt ist. Soweit ich das beurteilen kann, fehlt Ihnen nichts.«

Sie glaubte ihr kein Wort!

Abrupt stand Amelie auf und ging zur Tür. »Und soweit ich das beurteilen kann … anhand Ihrer äußerlichen Erscheinung und der Unprofessionalität, mit der Sie Patienten untersuchen … haben Sie erst kürzlich Ihr Studium beendet. Richtig? Oder hat man Ihnen das Budget gekürzt? Ich denke, ich werde die Tage einen richtigen Arzt aufsuchen und keine Amateurin!«

Wieder zu Hause angekommen, beschloss Amelie, ihre ausnehmend real wirkende Wahnvorstellung, die jetzt in der Küche stand und heiße Milch in zwei Tassen schüttete, zu ignorieren. Seltsam. Konnten Illusionen auch duften? Es fiel ihr schwer, das köstliche Aroma von Milch und Honig außer Acht zu lassen.

»Hallo, Amelie!«, sagte die Illusion und hielt ihr eine Tasse hin. »Ich habe gehört, dass heiße Milch mit Honig kurz vor dem Schlafengehen schöne Träume machen soll und beruhigend wirkt. Außerdem ist sie wirklich köstlich! Es ist schon meine dritte Portion. Ach, ich kann einfach nicht genug von den weltlichen Genüssen bekommen.«

Amelie ließ sie einfach stehen, tauschte die Kleidung gegen ein Satinnachthemd und ging zu Bett. Wenn man Halluzinationen als solche erkannte, verschwanden sie von ganz alleine.

»Und wo soll ich schlafen?«

»Mir egal«, antwortete Amelie und zog die Augenmaske auf. Morgen früh würde alles vorbei sein.

Mit beiden Händen presste sie das Kopfkissen

an ihre Ohren, denn ganz offensichtlich plapperte die Wahnvorstellung munter weiter, schlürfte zwischendurch lautstark an der Milch und … hatte offensichtlich vor, neben ihr zu schlafen.

»Dein Bett ist breit genug für zwei. Ach, was rede ich? Da könnte eine vierköpfige Familie drin schlafen. Es macht dir doch nichts aus? Ach, wie angenehm. So kuschelig. Fast wie eine Wolke. Wusstest du, dass auf meinem Schlafshirt ein Schäfchen ist? Absolut niedlich. Oh, du hast ja die Augenmaske auf. Verzeih, ich rede zu viel, obwohl du jetzt dringend schlafen musst. Morgen wird ein langer Tag.«

Amelie fühlte, wie eine Hand sanft über ihren Kopf strich. Die letzten Worte, die sie hörte, waren: »Schlaf jetzt, Amelie. Ich schicke dir ein paar wunderbare Träume. Du musst es nur zulassen.«

Gar nichts würde sie! Amelie Stone, Chefin von *Stylish Amy* brauchte niemanden, der ihr sagte, was sie zu tun hatte. Nicht mal ein Hirngespinst.

Elisa

Am nächsten Morgen hielt Elisa ihr Handy hoch und lächelte Gabriel dankbar an. »Danke dir. Das wird ein Spaß.«

»Ich fürchte, du hast mal wieder maßlos übertrieben.«

»Kann man an Weihnachten etwas übertreiben?«, fragte sie schulterzuckend. »Ein bisschen Weihnachten geht nicht. Genauso wenig wie ein bisschen trächtig.«

»Schwanger.«

»Ist das nicht egal?«

»Nein, weil …«

Es piepste.

»Oh, Gabriel, ich muss Schluss machen. Das Gebäck ist fertig.« Überstürzt beendete sie das Gespräch, legte das Handy auf dem Küchentisch ab und zog die wattierten Schutzhandschuhe über.

In aufgeregter Vorfreude zog sie das Backblech aus dem Ofen. Ihr erster Backversuch! Gott, wie die Vanillekipferl dufteten. Nur, dass diese in Amerika *Sand Tarts* hießen und Amelie sie das letzte Mal gekostet hatte, als sie noch mit Ryan zusammen war.

Sand Tarts und Ryan, das gehörte zusammen wie Weihnachten und der Duft nach Zimt. Ryan liebte dieses Weihnachtsgebäck. Ob Amelie sich daran erinnerte? Oh, ob die Kipferl gelungen waren? Elisa hatte keine gemahlenen Mandeln finden können, nur Pekannüsse. Ansonsten hatte Amelie alles im Haus. Mehl, Butter, Eier und Puderzucker. Was stand im Rezept, wie es jetzt weiterging?

Elisa las auf ihrem Handy nach: *Wenn die Vanillekipferl eine leichte, bräunliche Farbe annehmen, sind sie gut. Danach ungefähr drei Minuten auskühlen lassen. Anschließend die Kipferl in Puderzucker wenden. Achtung! Sind sie noch zu heiß, können sie zerbrechen. Sind sie zu kalt, haftet der Puderzucker nicht.*

Die nächsten drei Minuten testete Elisa mit einem Finger immer wieder die Temperatur der Kipferl. Nach etwas mehr als der vorgegebenen Zeit wendete sie jedes einzelne Gebäckstück vorsichtig im Puderzucker. Bravo! Keines zerbrach. Fertig! Vorsichtig knabberte sie an einem Kipferl.

Oh ja! Perfekt! Weich und doch leicht kross. Süß, ohne zu süß zu sein. Eine wahre Explosion der Geschmacksnerven. Und nun musste sie nur noch ein bisschen aufräumen.

Mit kreisförmig in der Luft ausgeführten Handbewegungen stellte Elisa in Nullkommanichts die ursprüngliche Ordnung wieder her. Auf Geschirr spülen und mit Mehl verklebte Oberflächen reinigen hatte sie wenig Lust.

Anschließend wanderte Elisas Blick über den mit Liebe gedeckten Frühstückstisch. Toast, Marmelade, Erdnussbutter – oh Gott, Erdnussbutter! Sie hatte davon gekostet und sich nur mit Mühe beherrschen können, nicht sofort das Glas leer zu löffen. Diese Köstlichkeit bekam ab sofort einen Platz auf der Liste ihrer bevorzugten Lebensmittel. Definitiv nach Vanillekipferl, aber lange vor Pizza Funghi ohne Funghi. Sie würde nach ihrer Rückkehr ein Gespräch mit Gott führen müssen. Cloud Colada ... Lächerlich! Daran musste sich etwas ändern. Unbedingt. Weiter. Hatte sie an alles gedacht, was Amelie zum Frühstück liebte? Käse, Schinken, Milchkaffee, frisch gepressten Orangensaft. Leider kein Dinkelbrot. Aber das würde sie verschmerzen, denn sie hatte ja Erdnussbutter und

Sand Tarts und … diese köstlichen Waffelkekse. Auch Amelie schien dieses Gebäck zu mögen. Elisa hatte in einer Schublade ganze fünf Packungen davon gefunden.

In zehn Minuten würde sie Amelie wecken und bis dahin wollte sich Elisa ein bisschen umsehen. Sie griff sich eine cremefarbene Decke von einem Ledersessel, legte sie sich um die Schultern und warf einen zufriedenen Blick auf den bis an die Zimmerdecke reichenden und reich geschmückten Weihnachtsbaum. Sie hatte sich für die Farben Rot und Gold entschieden, das passte ihrem Empfinden nach am besten zum Christfest. Amelie würde sich sicher freuen. Lächelnd trat Elisa hinaus in den riesigen Garten.

Ein strahlend blauer Himmel begrüßte sie, weiß glitzerte der Schnee auf kahlen Bäumen und eisige Kälte füllte ihre Lungen mit frischer Morgenluft. Elisa beschloss spontan, dass sie den Winter ebenso wie den Sommer liebte. Jede der beiden Jahreszeiten hatte ihren Zauber, ihre unvergleichliche Schönheit. Der Sommer fühlte sich warm und schmeichelnd auf der Haut an. Der Winter eiskalt und Lebensgeister weckend. Wie gut es die Menschen doch hatten. Schade, die meisten nahmen diese wunderbare Welt, auf der sie lebten, für selbstverständlich.

Je einen Zipfel der Decke in jeder Hand, breitete sie die Arme aus, schloss die Augen und legte den Kopf in den Nacken. »Danke, dass ich hier sein darf!«

»WAAAAH!«

Elisa zuckte zusammen. Nicht zu überhören, Amelie war wach.

»Du bist immer noch da!«, ertönte es schrill hinter ihr. Elisa wickelte die Decke wieder um sich und drehte sich um.

»Ganz genau! Guten Morgen, Amelie. Hast du gut geschlafen? Ich muss schon sagen, dein Bett ist unglaublich weich, fast wie …«

»Wer verdammt noch mal bist du und was hast du mit meinem Haus angestellt? Und nach was riecht es hier überhaupt?« Amelie stand, lediglich mit einem dünnen Seidenmorgenmantel bekleidet, in der offenen Tür.

»Ich vermute, du meinst den Tannenduft. Kommt vom Weihnachtsbaum. Ist er nicht wunderbar anzusehen?« Elisa zog die Decke etwas fester um ihre Schultern. Sie fror. Ein ganz neues Gefühl. Spannend, wie sie zitterte, ohne darauf Einfluss nehmen zu können. Und Amelie musste in ihrem dünnen Stöffchen noch viel mehr frieren. Auch wenn ihr Gesicht puterrot vor Zorn war und sie eher wie ein kochender Teekessel wirkte.

»Wunderbar anzusehen? Das ist Kitsch pur! Ich will so etwas nicht in meinem Haus! Entferne das sofort oder …«

»Ich fürchtete schon, dass du so reagierst. Komm, du holst dir sonst noch den Tod.« Sie trat auf Amelie zu, zog sie ins Haus und schloss die Tür. Zu ihrer Verwunderung leistete Amelie keinerlei Widerstand. »Mit deinem Haus habe ich gar nichts angestellt. Wie du siehst, ist es nur ein bisschen weihnachtlicher geworden. Und es duftet nach Tannen und nach Plätzchen, nach Zimt, Nelken und Orangen. So sollte es in jedem Haus und im Übrigen auch im Himmel riechen. Am liebsten ganzjährig.«

Von den Lichterketten um das komplette Haus herum sagte sie vorläufig noch nichts. Das würde sie am Abend noch früh genug bemerken. Welch ein Glück, dass Elisa Gabriel als Unterstützung hatte. Er hatte ihr all die wunderbaren Dinge liefern lassen, die sie sich gewünscht hatte, und mit nicht einmal zehn schwungvoll ausgeführten Armbewegungen hatte Elisa das kühle weiß-graue Ambiente in ein weihnachtliches Idyll verwandelt.

Völlig konsterniert ließ sich Amelie in die Küche führen und auf einen Stuhl drücken. »Was ist das?«, sagte Amelie verstört und deutete auf den Tisch.

»Nach was sieht es denn aus?«

»Nach … Frühstück.«

»Der Kandidat bekommt die volle Punktzahl und … Vanillekipferl.« Elisa stellte den Teller mit puderzuckerbestäubten Plätzchen vor Amelies Nase. »Na, was sagst du jetzt? Bei euch heißen sie Sand Tarts oder so, wobei ich Vanillekipferl ja viel passender finde und …« Elisa unterbrach sich. Amelie hypnotisierte mit großen Augen die Plätzchen und kniff unwillkürlich die Lippen zusammen.

»Jetzt nimm schon eines.«

»Kein Zweifel, ich träume noch. So einen lausigen Traum hatte ich schon lange nicht mehr. Korrigiere: Noch nie«, entgegnete sie barsch, nahm jedoch zu Elisas Entzücken ein Plätzchen vom Teller und biss zaghaft hinein.

»Das letzte Mal hast du diese Plätzchen bei Ryan gegessen. Erinnerst du dich? Sie sind leicht und cross und zergehen fast auf der Zunge.« Im selben Moment bereute Elisa, dass sie Amelies Exfreund erwähnt hatte. Zu früh! Nein, verdammt! Sie hatte zwei schlappe Tage, um diesen Eisklotz aufzutauen.

Langsam ließ Amelie die Hand mit dem Sand Tart sinken und sah Elisa mit einem Ausdruck im Gesicht an, der die Raumtemperatur schlagartig um einige Grad fallen ließ. »Wieso weißt du von Ryan? Hat *er* dich etwa geschickt?«

Seufzend setzte sie sich Amelie gegenüber und stützte ihr Kinn in die Hände. »Noch mal zum Mitschreiben: Ich bin ein Engel.«

»Na, klar. Ein Engel … Du hast ja nicht mal Flügel.«

»Ja, das finde ich auch schade. Aber die sind auf der Erde unpraktisch und schließlich soll mich nicht jeder gleich als Engel erkennen. Stelle dir die Presse vor … Nicht auszudenken.« Sie griff zu einem Vanillekipferl und steckte es sich in den Mund. »Hmmm, köschdlisch!«

»Beweise es!«

»Brauche ich nicht, die Dinger sind köstlich. Du hast es eben selbst probiert.« Elisa stutzte. »Ach so! Du meinst, ich soll beweisen, dass ich ein Engel bin? Gut, wie du meinst. Kaffee?«

Sie vollführte mit der Hand eine Bewegung Richtung Kaffeekanne, ließ sie zu Amelies Tasse schweben. Plötzlich kippte die Kanne etwas zu schnell in die horizontale und ein Schwall Kaffee ergoss sich nicht nur in die Tasse, auch daneben. Hastig griff Elisa nach der Kanne und stellte sie ab. Dann sprang sie auf, riss einige Blätter von einer Papiertuchrolle und tupfte den Tisch um die Kaffeetasse trocken.

»Verzeih, ich bin wohl etwas aufgeregt.« Amelie sagte nichts. Sie starrte nur abwechselnd zur Kanne und zu Elisa. »Glaubst du mir jetzt?«

»Du …«, begann Amelie und zeigte mit dem Finger auf sie. »Du … Du bist …«

»Ein Engel. Sag ich doch. Können wir jetzt zum Tagesplan übergehen? Wir haben nicht viel Zeit. Das erwähnte ich bereits, oder? Wir frühstücken gemütlich und dann geht es los. Es ist schon elf Uhr. Schläfst du immer so lang?«

Mit beiden Händen umfasste Amelie die Tasse »Wenn dies schon ein schlechter Traum ist, aus dem es offenbar kein Entrinnen gibt, kann ich ihn auch mitspielen. Irgendwann wache ich auf und alles ist wie vorher. Du bist also ein Engel …«

»Kein Traum. Akzeptiere es. Im Übrigen bin ich ein Alphaengel«, zwinkerte sie Amelie zu und nahm sich noch ein Plätzchen. »Betaengel dürfen nicht auf die Erde. Nimm dir auch noch eines, die sind lecker.« Du liebe Güte, die Frau wehrte sich mit ganzer Kraft, die offensichtlichen Tatsachen zu akzeptieren. Ein harter Brocken. Ein sehr harter. Und viel zu wenig Zeit!

Amelie winkte ab. »Wie auch immer. Heute ist Samstag. Ich habe in der Firma noch einiges zu tun.«

»Vergiss es, Herzchen. Arbeitest du etwa auch, wenn du schläfst? Wir gehen später einkaufen – du brauchst dringend ein, zwei Geschenke –, aber vorher Schlittschuhlaufen. Oh, das wollte ich schon immer tun! Das wird ein Spaß!«

Amelie

»Ist es nicht fantastisch, auf Schlittschuhen zu stehen? Und dann auch auch noch in der Weihnachtszeit im Central Park beim Wollemann? Vor einer der spektakulärsten Kulissen der Erde? Das macht riesigen Spaß! Komm, guck nicht so verbiestert. Ups ... Himmel, ist das glatt.«

Amelie verdrehte die Augen. Nur noch wenige Meter ...

»Wollman Ice Skating Rink.«

»Ja genau, Wollemann. Ein süßer Name. Oh, es ist so wunderbar hier. Sieh doch nur ... Der Schnee legt sich wie weißer Puderzucker auf die Zweige und er glitzert im Sonnenlicht wie Diamanten. Ich glaube, die Farbe von Schnee ist das Wunderbarste im Winter, meinst du nicht?«

»Winter ist für mich nur eines: kalt. Sehr kalt. Lass uns an dem Stand da vorne etwas Warmes trinken, bevor mir noch die Luft in der Lunge gefriert.«
Eine halbe Stunde an der Bande entlangschleichen

reichte für ihr Empfinden für die nächsten zwanzig Jahre. Glitzert wie Diamanten … Ts.

Es war ja nicht so, dass sie keine Überraschungen liebte. Ein spontaner Anstieg der Verkaufszahlen beispielsweise, ein unvermutet gut florierender Absatz der Vorjahreskollektion oder unangekündigte Besuche von Geschäftspartnern mit interessanten Offerten in den Taschen.

Aktuell jedoch musste ein Missverständnis vorliegen. An ihrem Arm hing eine platinblonde Mittzwanzigerin, die behauptete, ein Engel zu sein, und die ohne Unterlass kicherte, weil sie offenbar noch nie Eislaufen war. So stellte sie sich auch an. Zu Amelies Missfallen gab sie selbst ein nicht weniger lächerliches Bild ab. Unsicher hielt sie sich an der Bande fest und tastete sich zentimeterweise vorwärts – immer den Glühweinstand im Blick. Sie schwor sich, nicht über die Plörre zu meckern, denn alles war besser, als auf diesen wackeligen Kufen zu stehen.

Wenig später hatten sie die Schlittschuhe wieder gegen ihre eigenen getauscht und standen am überfüllten Getränkestand.

Gut, Pumps eigneten sich nur bedingt für Aufenthalte auf halb gefrorenen Holzplanken. Auch das würde vorübergehen. Amelie blickte sich um. Um sie herum rotbäckige Kindergesichter mit glänzenden Augen, Mütter, die Schals zurechtzupften und selbst gebackene Kekse verteilten, und über allem das nervige Gesäusel von Weihnachtsmusik, *Driving Home For Christmas*, Chris Rea. Amelie umfasste den Becher mit Glühwein in ihren Händen etwas fester. Langsam hörte das Zittern auf. Wenigstens wärmte das Getränk, was man von ihren Pumps nicht behaupten konnte. Unterhalb ihrer Waden befanden sich keine Füße mehr, sondern Eisklumpen.

Nur mit halbem Ohr hörte sie Elisa zu, die an einem Kinderpunsch nippte und ununterbrochen von der Schönheit der Welt schwärmte. Die Frau ging ihr gehörig auf den Keks. Nach dem Glühwein würde sie die Sache beenden.

Zufrieden mit ihrer Entscheidung nahm sie einen großen Schluck. Warm und viel zu süß floss ihr das Getränk die Kehle hinunter. Mittlerweile glaubte sie selbst nicht mehr an einen Traum.

»Hörst du mir zu?« Plötzlich war Elisas Gesicht ganz nah an ihrem. Sie duftete nach Sand Tarts, Orangensaft und einem Hauch Zimt. Wider Willen mochte Amelie diesen Duft. Trotzdem trat sie einen Schritt zurück.

»Hey! Schon mal was von persönlichem Mindest-abstand gehört?«

»Nein, was ist das?« Elisa legte den Kopf schief und runzelte leicht die Stirn.

Gerade wollte Amelie zu einer Erklärung ansetzen, als sich eine Frau mit einem Mädchen auf dem Arm an ihr vorbeischob. »Entschuldigung, darf ich mal? Danke, sehr freundlich.«

Ein Mützentroddel streifte Amelies Nase. »Na, hören Sie mal, da hört sich …«

Plötzlich wurde sie brüsk zur Seite gezogen. »Es wundert mich wirklich, dass du noch nicht zu Stein erstarrt bist«, sagte Elisa. »So wie du dich benimmst, könnte man meinen, du wärst mit einem Fluch belegt, der dich bis ans Ende deiner Tage garstig sein lässt.«

»Jetzt übertreibe mal nicht. Ich … Hallo, können Sie nicht aufpassen? Beinahe hätte ich meinen Glühwein verschüttet!«

Hier drängten sich für ihren Geschmack viel zu viele Menschen.

»Verzeihung. Ist ein bisschen eng hier«, sagte die junge Frau mit dem vielleicht fünfjährigen Mädchen verlegen lächelnd. »Ist etwas schwierig, mit einem Kind auf dem Arm zu bezahlen.«

Daraufhin drehte sie sich um, stellte das Kind auf dem Boden ab und fischte Kleingeld aus einer Börse.

Plötzlich fühlte Amelie sich beobachtet. Nicht von Elisa. Die versuchte gerade verzückt, einen künstlichen Eiszapfen am Dach des Standes mit den Fingerspitzen zu erreichen. Die Frau hatte einen Knall – ohne Zweifel.

»Du? Freust du dich nicht auf Santa Claus? Du guckst so böse.« Das blond gelockte Mädchen blickte sie aus großen Augen an.

Amelie überlegte kurz, dann bückte sie sich zu dem Kind hinunter. »Hör mal, Schätzchen. Dein Santa Claus oder auch Saint Nicholas, Saint Nick, Kris Kringle, Weihnachtsmann oder einfach nur Santa ist nur eine Symbolfigur. Der Typ war mal ein simpler Bischof aus Myra, der laut Legende ein paar Arme beschenkt hat. Unter anderem beglückte er drei arme Frauen mit Geschenken eines christlichen Freundes, damit die nicht anschaffen mussten. Hat mit Weihnachten nicht wirklich was zu tun, oder? Im Übrigen ist Santa Claus auch ein Ort im Bundesstaat Georgia.«

Amelie richtete sich auf. Das Mädchen riss entsetzt ihre Augen auf, trat näher zu ihrer Mutter, krallte sich in deren Mantel fest und brach dann schlagartig in lautes Weinen aus.

Die Mutter fuhr herum, ging sofort in die Knie und fragte, was um Himmels willen passiert sei. Als weder von Amelie noch von ihrer immer noch heulenden Tochter eine Antwort kam, schob sie sich mitsamt ihrem neugierigen Nachwuchs davon.

Gut so. Dieses verlogene Weihnachtsgetue war nichts für sie und würde es nie sein.

Im nächsten Moment pikste ihr etwas in den Oberschenkel. »Aua! Was …«

»Sei froh, dass mir meine Engelswürde verbietet, dich aufzuspießen!« Elisa funkelte sie erzürnt an und hielt ihr einen unterarmlangen Eiszapfen vor die Nase. »Wie kannst du nur so herzlos sein, dem Mädchen seine Träume zu nehmen.« Wieder pikste sie sie – diesmal in den anderen Oberschenkel. Entsetzt wich Amelie zurück. »Mehr noch, du nimmst ihr den Zauber! Nur, weil du keinen mehr hast, du bedauernswerter Erdling! Dein armes Herz ist so kalt wie dieser Eiszapfen hier!«

»Aber …«

»Halt den Mund. Jetzt muss ich erst einmal zusehen, wie ich das wieder geradebiege.« Elisa warf ihr einen bitterbösen Blick zu.

Verwundert beobachtete Amelie, wie Elisa mit dem Stab in ihrer Hand eine Bewegung vollführte. In der nächsten Sekunde fror die komplette Szenerie ein. Jede Bewegung erstarrte, selbst die Musik war nicht mehr zu hören. Dann ging alles sehr schnell.

Amelies Herz raste, als die Zeit plötzlich rückwärts lief und sie jegliche Kontrolle über ihren Körper verlor. Im Zeitraffer bückte sie sich, hörte sich etwas zu dem Mädchen sagen – nur eben verkehrt herum – und richtete sich wieder auf. Sie sah Elisa, die den künstlichen Eiszapfen ans Hüttendach steckte und die Mutter ihre Tochter auf den Boden stellte, um die Getränke zu bezahlen. Dann normalisierte sich der Zustand. Alles war wie vorher. Nur eben auch früher. So etwas hatte sie noch nicht erlebt. »Was zur Hölle ...?«

»Und jetzt reißt du dich gefälligst zusammen, verstanden?!« Elisa pikste sie mit dem Finger in die Schulter.

»Aber ... aber ... wie hast du? ... was?« Amelie wurde seltsam zumute. Doch ein Traum! Na bitte, wusste sie es doch.

»Nein, verdammt – *entschuldige, Herr* –, kein Traum. Und du zwingst mich zu einer Planänderung.«

85

»Planänderung?« Amelie lachte auf. »Ändere du mal deine Pläne, Fata Morgana. Ich ziehe es akut vor, den Heimweg anzutreten und mir einen ordentlichen Schluck Hochprozentiges zu gönnen.«

»Das würde dir so passen! Wir gehen jetzt einkaufen. Eigentlich wollte ich mit dir noch durch den Central Park spazieren. Das fällt jetzt leider aus.«

»Wie tragisch! Den Park kenne ich zur Genüge.« Und in ihren Pumps hatte sie sowieso keine Lust durch den Park zu schlendern. Entschlossen, dieses seltsame Karbunkel am Steiß der Menschheit abzuwimmeln, marschierte sie los.

»Aber ich nicht!« Elisa holte sie ein. »Das werde ich nachholen. Ohne dich. Und jetzt gehen wir shoppen. Gib mir deine Hand.«

»Du bist doch von allen guten Geistern verlassen. Einen Teufel werde ich tun!«

Doch bevor Amelie ihre Hand zurückziehen konnte, hatte Elisa sie bereits gepackt und um sie herum vermischten sich kahle Bäume mit der Eisfläche und den Menschen zu einer konfus wirbelnden Masse. Amelie hatte das Gefühl, ins Bodenlose zu fallen und gleichzeitig in ein Rohr gesaugt zu werden.

Einen Wimpernschlag später fand sie sich in einem riesigen Einkaufscenter wieder.

Eine Masse von Menschen füllte diese monströse Weihnachtshalle, summte in Amelies Kopf wie ein Bienenschwarm. Riesige Weihnachtsmänner neben Sprossenfenstern, Tische mit Weihnachtskrippen, Christbaumschmuck, miniaturhaften Weihnachtsdörfern. Überall künstliche Weihnachtsbäume, funkelnde Lichter.

Und von oben rieselte Weihnachtsmusik aus unsichtbaren Lautsprechern.

Ohne Frage kein Ort, wo sich eine Amelie Stone aufhalten wollte.

Wo war Elisa? Amelie reckte den Hals.

Plötzlich ertönte über ihr ein lautes »Ho, ho, ho«.

Amelie blickte hoch.

An der Decke hing eine Kutsche, darin ein Santa-Claus, der alle paar Sekunden eine Handvoll künstlichen Schnee warf, als wäre es Konfetti. Vor der Kutsche sechs Elche. Ganz vorne einer mit einer rot blinkenden Nase.

Typisch Amerika. Glitzer draufstreuen, amerikanische Flagge reinstecken. Fertig. Nur, dass hier die Flaggen fehlten.

Sie befand sich in ihrer ganz persönlichen Hölle.

Und sie ahnte, wo sie gelandet war. Zudem stand es in großen, weißen Lettern auf einem roten Schild an der Kutsche: *Malones Christmas Wonderland.*

Schnell weg. Auf dem Absatz drehte sie sich um. Sie brauchte jetzt Kaffee, der süße Geschmack von Glühwein klebte ihr immer noch am Gaumen. Kaffee mit Rum. Viel Rum. Gut, nur Rum.

»Hallo, Amelie!«

Amelie schluckte. Es kam nicht oft vor, dass ihr die Worte fehlten. Noch so ein Gefühl, das ihr nicht behagte.

»Hallo!« Ihre Stimme klang wie ein Reibeisen. Sie räusperte sich, atmete tief durch, richtete sich auf und versuchte, ihrer Stimme die gebotene Festigkeit zu verleihen. »Hallo, Ryan!«

»Ich freu mich, dich zu sehen, Amelie. Aber seit wann verschlägt es dich mitten ins Herz des weihnachtlichen Trubels? Gesinnungswandel?« Er vollführte mit ausgestrecktem Arm eine ausholende Bewegung.

»Äh …«

Er hatte sich kaum verändert. Immer noch war er sehnig und muskulös. Und immer noch hatte er dieses umwerfende Blitzen in seinen hellen, blaugrauen Augen. Unter seiner Mütze ringelte sich eine kurze schwarze Locke in seine Stirn. Sie hatte ihn immer ausgelacht, weil ein Wirbel dafür sorgte, dass diese eine Locke ständig nach vorne fiel und ihn aussehen ließ, als wäre er gerade erst aufgestanden.

Nervös nestelte Ryan an der Jacke seines Elfenkostüms und verzog seine sanft geschwungenen, vollen Lippen zu einem Lächeln. Für einen Moment schien alles stillzustehen, mit Watte umhüllt. Nur sie und er und der Duft seines Rasierwassers. Dior Homme. Elegant, männlich, betörend. Und eine Wohltat unter all dem Tannen- und Gewürzduft.

»Möchtest du einen Zimttee? Alle unsere Kunden bekommen ihn, wenn sie mögen. Kostenlos.« Verlegen strich er sich die Locke aus der Stirn, doch sie fiel sofort wieder an Ort und Stelle.

Und Amelies Herz zog sich unkontrolliert zusammen. Blödes Herz!

»Um Gottes willen ... Ich meine, nein. Ich ... ich suche nur eine Freundin. Seit wann magst du Zimt? Ich erinnere mich, dass du gegen Zimt allergisch bist.« Sie vergrub die Hände in den Manteltaschen und wollte an ihm vorbeigehen, doch sie konnte ihren Blick nicht abwenden. Amelie hasste es, wenn sie nicht Herr ihrer Körperfunktionen war.

»Ach, das bisschen Niesen bringt mich doch nicht von dieser Köstlichkeit ab, weißt du doch.« Er blickte sie lange an und dieser Blick zog irgendetwas in ihr zusammen. Blödsinn, sie hatte wahrscheinlich nur Hunger. Seit dem Frühstück hatte sie nichts mehr zu sich genommen und jetzt war es schon später Nachmittag.

»Hätte ich mir denken können. Und wie geht es dir sonst so, Ryan?«, hörte sie sich sagen.

Sie sollte gehen. Sofort!

»Mr. Malone!« Eine junge, sehr hübsche Elfe drängte sich in die unwirkliche Situation. »Da vorne ist eine Frau, die alle Stoffengel kauft, die wir haben. Was mach ich denn jetzt?«

»Nicht weglaufen, Amelie«, sagte er und legte eine Hand auf Amelies Arm. Die Berührung zog ihr sofort das Blut aus den Fingerspitzen und konzentrierte es auf die Stelle, auf der seine Hand lag.

Seine Hand auf ihrem Arm … an einem Finger der Ehering. Sie hob den Kopf und betrachtete Ryans Profil. Diese gerade römische Nase hatte ihr schon immer gefallen.

Herrje, was dachte sie denn da für einen Blödsinn?

»Alle?« Verwundert hob Ryan die Brauen. »Alle dreitausend?«

»Oh«, lächelte die Elfe verlegen. »Dann wohl doch nicht alle. Aber alle, die auf dem Tisch liegen. Ungefähr fünfzig.«

»Das stellt kein Problem dar. Schenke ihr doch noch eine Schneekugel dazu, ja? Sie darf sie sich aussuchen.«

Ein Strahlen huschte über Kates Gesicht und sie eilte davon.

Amelie sah ihr hinterher. Eine Frau, die Unmengen von Stoffengeln kaufte … Elisa. War ja klar.

»Sie ist noch neu«, sagte Ryan und Amelie fühlte sich unwohl. Hier drin war es zu heiß, zu voll und definitiv zu weihnachtlich. Zudem hatte sie wenig Lust, mit ihrem Exfreund Small Talk zu betreiben. Es gab wirklich Wichtigeres.

»Ryan«, begann sie und zog ihre Hand aus der Manteltasche. Das hatte den Vorteil, dass er seine Hand von ihrem Arm löste. »Ich muss los, die Geschäfte … Grüße deine Frau von mir. Oder nein, lass es.«

Ohne eine Antwort abzuwarten, schob sie sich energisch an ihm vorbei.

Und fühlte sich plötzlich sanft ausgebremst. Amelie zog die Luft ein. Nach all den Jahren berührte er sie, gleich zweimal, und ihr Herz trommelte wie bei einem rasanten Anstieg der Verkaufszahlen.

»Schade …«

Sie wollte es nicht, trotzdem drehte sie sich um. »Gut, einen Moment plaudern sollte drin sein. Aber nur kurz, ich habe viel zu tun.«

»Immer noch die Arbeit? Die rennt dir nicht davon. Bleib doch noch ein paar Minuten und trinke einen Tee mit mir. Der Zimttee ist wirklich köstlich. Eine eigene Rezeptur.«

Amelie blickte auf ihren Arm und Ryan zog die Hand zurück, als hätte er auf eine heiße Herdplatte gefasst. »Verzeihung.«

»Keine Ursache«, erwiderte sie reserviert. *Keine Schwäche zeigen, das führt bekanntlich zu nichts.* »Hör zu, du weißt genau, dass mich dieser ganze Klimbim hier wahnsinnig macht. Ich bin nur hier, weil …«

Ja, weil was? Weil ein Engel sie gegen ihren Willen hierher gebeamt hatte? Weil sie eigentlich träumte und sich die Szene nur in ihrem Kopf abspielte? Sehr glaubwürdig. Ob es hier auch mit Glitzer bestäubte Zwangswesten gab, die sie erwerben könnte, um sich anschließend selbst einzuweisen?

»Weil?«

»Weil ich meine Freundin gesucht habe. Aber sie ist wohl schon gegangen. Man sieht sich.«

Nach all den Jahren ...

Kaffee ist
eine gute Sache

Kaffee mit Alkohol eine noch viel bessere.
Insbesondere nach einer Invasion von Engeln.

Elisa

Oh nein! Elisa stellte sich auf die Zehenspitzen und hob den Kopf.

Amelie stürmte aus dem Laden und in Ryans Züge mischte sich eine Traurigkeit, die so umfassend war, dass Elisa ihn am liebsten in den Arm genommen hätte. Doch im nächsten Moment setzte er wieder sein Lächeln auf, spazierte durch die Menge, lobte einen Mitarbeiter, schlenderte weiter, hob ein Kind hoch und schenkte ihm einen weiß glitzernden Stern.

Der Mann hatte ein goldenes Herz und das strahlte er auch aus.

Elisa biss sich auf die Unterlippe. Sie fürchtete, den Auftrag zu versemmeln. Das Herz dieser Amelie war so kalt wie eine gefrorene Eiskugel in den Tiefen eines Jahrhunderte alten Gletschers.

»Und Sie möchten wirklich alle Schutzengelchen kaufen?« Die junge Weihnachtselfe war zurückgekehrt und legte vorsichtig einen Engel nach dem anderen in einen Einkaufskorb.

»Sehr richtig, Kate. Alle. Es sind doch zweiundfünfzig, oder?«

»Ja, ich habe sie gerade durchgezählt. Mr. Malone sagt, Sie dürfen sich eine Schneekugel aussuchen.« Sie deutete zum größten Tisch in der Mitte der Halle.

»Das ist aber nett von ihm. Er scheint ein guter Boss zu sein. Sagen Sie, führen Sie auch so hübsche Organzatütchen? Ich bräuchte für die Schutzengelchen eine passende Verpackung.«

»Oh … ich … ich weiß nicht genau.« Kate wurde puterrot und wand sich sichtlich. »Ich bin noch neu hier, bitte entschuldigen Sie. Ich frage sofort nach.«

»Nicht nötig.« Ryan Malone legte eine Hand auf Kates Schulter und lächelte ihr sanftmütig zu. »Das konntest du nicht wissen. Es ist dein erster Tag.«

Dann wandte er sich an sie. »Verpackungsmaterial liegt ganz hinten, Miss …«

»Einfach nur Elisa, bitte.« Himmel, der Mann sah verteufelt – Verzeihung, Herr – verdammt – herrje – richtig gut aus!

»Miss Elisa, schöner Name. Ich schicke gleich einen Mitarbeiter mit den Organzatütchen her. Welche Farbe darf es denn sein?« Er zog ein Handy aus der Tasche.

»Rosa! Haben Sie so etwas? Wenn nicht, geht auch Weiß. Mit rosa Schleifchen. Ach nein … Warten Sie … Ich bräuchte auch Blau. Nein, keine gute Idee. Ich nehme nur weiße Organzasäckchen.«

»Wie Sie möchten. Wir haben welche mit Sternchen oder nur mit Glitzerperlen oder mit Eisblumen darauf. Oder welche ohne Verzierung? Sie haben die Wahl.«

»Mit Eisblumen, bitte. Ja, das ist perfekt. Und Sie sagten, ich darf mir eine Schneekugel aussuchen?«

»Sicher doch. Sie finden Sie da drüben auf …«

»… dem großen runden Tisch. Kate informierte mich bereits.«

Ihr Blick wanderte an der fast deckenhohen Pyramide aus Schneekugeln hinauf. Sie wusste genau, welche sie wollte.

»Wunderbar. Gut gemacht, Kate. Pack doch Miss Elisa die Engelchen in die Tüten, sobald Marcus sie bringt.« Er drückte eine Taste und lächelte Elisa an. »Sie können sich gerne so lange noch etwas umsehen und in Ruhe eine Kugel aussuchen. Kate deponiert Ihren Einkauf inzwischen an der Kasse. Frohe Weihnachten, Miss Elisa!«

Mit dem Hörer am Ohr verschwand er in der Menge.

»Und wer holt mir die Schneekugel herunter?«, wollte Elisa wissen.

Kate hielt den Korb mit beiden Händen vor sich und deutete mit dem Kinn zu einem Weihnachtself. »Das macht Chris. Er ist heute eingeteilt. Und an dem Stand neben Santa Claus … also zwischen Elch und Santa Claus … bekommen Sie frischen Zimttee. Der ist wirklich lecker. Und kostet nichts.«

»Die da oben? Ernsthaft?«

»Ja, genau die.« Elisa strahlte ihn an. In seinen Zügen erkannte sie, wie es arbeitete. »Gibt es ein Problem? Vielleicht sollten wir Mr. Malone fragen.«

Plötzlich tauchte Kate auf. An ihrem linken Arm hing der Korb mit den Engeln, an ihrem rechten ein weiterer mit Organzatütchen. »Das geht in Ordnung, Chris, Mr. Malone hat mir bestätigt, dass

Miss Elisa sich eine Kugel aussuchen darf. Ich geh mal die Engelchen verpacken.«

»Na dann.« Chris rieb sich die Hände, als wären sie kalt. »Sie wollen die Schneekugel, sie bekommen die Schneekugel. Und jetzt aufgepasst.«

Er betätigte einen Schalter unterhalb der Tischplatte. Umgehend öffnete sich eine Klappe und eine Art Hebel fuhr mit leisem Summen heraus.

»Und nun sehen Sie mal nach oben.«

Elisa legte den Kopf in den Nacken und verfolgte staunend, wie sich aus dem Lichtermeer an der Decke ein schlanker, silbern funkelnder Greifarm schob.

Chris bediente den Hebel wie einen Joystick. Der Greifer positionierte sich über der obersten Kugel, pflückte sie heraus und surrte zur Seite. Ganz langsam senkte sich die umklammerte Kugel bis zu ihr hinunter.

»Ach, sie ist wirklich wunderbar«, sagte Elisa. Sie hielt die Schneekugel in den Händen und der Greifarm surrte nach oben.

»Hier, eine Tasche.« Er reichte ihr eine samtene tiefrote Stofftasche. »Sie ist innen mit Luftpolsterfolie verkleidet. So passiert dem Baby nichts.«

Vorsichtig ließ Elisa die Schneekugel in die gepolsterte Tasche gleiten, bedankte sich und machte sich auf den Weg zur Kasse.

Wieder im Freien blickte sie sich um. Viel zu viel Betrieb hier. Ah, da!

Mit langen Schritten trat sie hinter die sicher zwei Mann hohe und reich geschmückte Tanne einige Meter neben dem Eingang und zog ihr Handy hervor.

»Gabriel! An Amelie beiße ich mir die Zähne aus. Und morgen schon soll ich ... Das schaffe ich nicht! Niemals!«

»Hab schon drauf gewartet, Elisa.«

»Auf was?«

»Auf dein Mimimi. Machst du jedes Mal. Und dann? Dann schaffst du es doch.«

Das sagte er jetzt nur so. »Das bezweifle ich. Da kannst du dein wissendes Lächeln aufsetzen, wie du willst.«

»Ich lächle?« Sofort zogen sich seine Mundwinkel in Normalposition.

Okay, jetzt musste sie lachen. Aber nur kurz. Nur bis zu dem Moment, als er nach Amelie fragte.

»Sie ist gegangen.«

»Wohin?«

Die Frage musste ja kommen. Mist. Sie wusste es nicht. Schnell schloss sie die Augen und versuchte, Amelie zu erfühlen, sie vor ihrem inneren Auge zu sehen. Stylish Amy. Ein langer Blick ins Leere. Amelie stellte die Kaffeetasse auf den Tisch und kippte etwas Rum dazu. Eine Welle von Zorn schwappte zu Elisa herüber. Zorn, Trotz, ein Quäntchen Traurigkeit.

Und doch ... Elisa sah tief in Amelies Eisklumpenherz ein kleines, warmes Licht flackern.

Amelie

»Riverdale, Sycamore Avenue. Und zwar schnell!« Erleichtert ließ sich Amelie auf das speckige Polster des Taxis fallen.

Der fast weißhaarige ältere Taxifahrer nickte und fuhr mit quietschenden Reifen los. Amelie warf den Kopf in den Nacken und stöhnte leise auf. Endlich! Endlich war sie diese Elisa los. Hoffentlich für immer. Und die Begegnung mit Ryan musste sie unbedingt mit etwas Alkoholhaltigem runterspülen.

Nach einer Weile bemerkte sie, wie der Typ sie durch den Rückspiegel beobachtete.

»Sehen Sie auf die Straße, Mann!«, sagte sie unwirsch, fischte ihr endlich aufgeladenes Handy aus der Handtasche, stöpselte es von der kleinen Powerbank ab und tippte eine Nummer ein.

Kurz darauf wurde abgenommen.

»Hey, Patrick! Ich hatte einen furchtbaren Tag. Bitte? Ach, nicht weiter wichtig. Er war furchtbar, das muss genügen. Ich brauche Zerstreuung. Dringend. Hast du ein Stündchen? Ja, Büro. Wie immer.«

Sie tippte dem Fahrer auf die Schulter. »Planänderung. Fahren Sie mich bitte zum Time Warner Center.«

Oben im Büro wartete sie fingertrommelnd, bis sich der Kaffeeautomat aufgeheizt hatte. Sie würde ihn ersetzen müssen, ebenso wie Tessa.

Ein Glücksgefühl durchströmte sie, als die Maschine mit lautem Gebrumme die Tasse zur Hälfte mit köstlich schwarzem, starkem Kaffee füllte.

Mit der Tasse stakste sie in den Besprechungsraum, dimmte das Licht und kickte die Manolos von den Füßen. Während sie Rum in den Kaffee goss, dachte sie an den festen Körper Patricks. Dennoch wollte sich die wohlbekannte Lust auf ihn nicht einstellen. Ob er ihr einfach nur die Füße massieren könnte?

Kaum hatte sie sich an den Tisch gesetzt und die Beine hochgelegt, hörte sie Schritte.

Einen Augenblick später trat Patrick in den Raum und legte etwas in Geschenkpapier Gewickeltes auf den Tisch. Drumherum war ein rotes Band geschlungen. »Hab dir was mitgebracht. Frohe Weihnachten!«

»Ein Geschenk? Für mich?« Sie schwang die Beine vom Tisch und stellte die Tasse ab.

Freuen oder argwöhnisch sein? Patrick hatte ihr noch nie etwas geschenkt. Auch wenn sie keinen Wert darauf legte, reizte es sie nachzusehen, was in dem Geschenkpapier verborgen war. Ihre Hand zuckte zu dem Päckchen.

Patrick setzte sich ihr gegenüber. »Warte mit dem Auspacken, bis ich wieder weg bin, ja?«

Erstaunt blickte sie hoch. »Du bist anders als sonst. Ist irgendetwas?«

Er blies die Backen auf, lehnte sich nach hinten und verschränkte die Hände im Nacken. »Amelie … Mit uns beiden, das geht so nicht mehr.«

Lauernd blickte sie ihn an. Wollte er ihr etwa sagen, dass er eine feste Beziehung mit ihr wollte? Das konnte er getrost vergessen.

»Und was heißt das im Klartext?«

»Keinen Sex mehr zwischen Tür und Angel.« Er legte die Unterarme auf den Tisch und verschränkte die Finger ineinander, als wolle er beten. Sein Blick stand im Gegensatz zu seinen Worten. Hart, stechend, irgendwie entschlossen.

Amelie lachte auf. »Du hast eine seltsame Art, einer Frau einen Heiratsantrag zu machen. Möchtest du etwas trinken? Kaffee? Rum? Beides? Schmeckt ganz gut.«

Schade, sie würde ihm kündigen müssen.

»Kein Heiratsantrag.« Er schüttelte langsam den Kopf.

»Nicht?« Was wollte er dann? Sex bei ihm zu Hause oder bei ihr? Auch das schmeckte ihr nicht. Man sollte geschäftliche Angelegenheiten nicht ins Privatleben tragen. Niemals.

»Nein. Im Gegenteil.« Sie sah ihm an, wie schwer ihm das Statement fiel. »Ich beende heute unser Verhältnis. Natürlich weiß ich, dass dies den anderen Teil unserer ... Beziehung, den geschäftlichen Teil, beeinträchtigt, und kündige hiermit.«

»Was?!« Abrupt richtete sie sich auf. Sie hatte sich verhört, oder? »Du kündigst? Und du willst keinen …« Sie konnte es nicht aussprechen. Wie konnte man etwas laut sagen, dass sich so irrwitzig und unglaublich anhörte?

»Tut mir leid.« Er stand auf. »Ich muss dann auch los. Verabredung mit guten Freunden.«

»Warum?« Eine innere Leere machte sich in ihr breit. Erst Sophie, dann Tessa, jetzt Patrick. Hatten sich denn alle gegen sie verschworen?

»Das willst du nicht wissen.« Er ging zu Tür.

»Stopp!«, brach es aus ihr heraus und sie bemerkte erschreckt, wie sich ihre Stimme dabei überschlug – *jetzt nur nicht hysterisch werden* – und fügte etwas gefasster hinzu: »Und ob ich das wissen will!«

Langsam drehte sich Patrick zu ihr um. »Du bist knallhart, hm? Hart, unbeugsam, umsatzgeil.«

»Ach ja?« Sie lachte spöttisch auf. »Dass gerade du diese Eigenschaften, die du selbst am besten kennen müsstest, aufs Tablett bringst, überrascht mich nun doch.«

Lächerlich! Der Mann war doch mehr von sich eingenommen, als sie vermutet hatte. Nein, nicht ganz richtig. Bis zum heutigen Tag war es ihr egal gewesen. Er machte einen guten Job. In jeder Hinsicht.

»Das ist nur ein Teil«, führte er weiter aus, eine Hand am Türknauf. »Du reizt mich nicht mehr, Amelie. Anfangs war es ganz spannend, die attraktive und kühle Chefin zu vögeln. Mittlerweile gibt es dahinter einfach nichts mehr zu entdecken. Ich habe schlichtweg keine Lust mehr, darauf zu warten, ob der Eisblock irgendwann mal schmilzt. Und auf den Job pfeife ich auch.« Er nickte knapp und ging.

Er nickte ihr einfach nur zu und verpisste sich? Das war ja … die Höhe! Die Höhe war das! Wutentbrannt griff sie zum Päckchen und warf es ihm hinterher. Es barst an der Tür und hinterließ einen nassen Fleck. Und Scherben auf dem Boden. Der scharfe Geruch von Bourbon breitete sich aus.

»Schade drum …«, sagte sie leise und wusste nicht, ob sie den Bourbon oder Patrick meinte. Wahrscheinlich beides.

Hastig nahm sie einen großen Schluck aus der Tasse und griff zum Handy. Nach drei Freizeichen wurde abgenommen.

»Was willst du?« Sophies Stimme klang eisig. Im Hintergrund hörte Amelie Besteck klappern, Lachen und Weihnachtsmusik.

»Das ... das weiß ich selbst nicht genau. Ich ...«
Natürlich wusste sie es. Sie fühlte sich alleine. Und
das machte sie zornig. »Ich wollte dir nur viel Spaß
wünschen und frohe Weihnachten und all den Mist.
Und dich informieren, dass ich nun nicht nur keine
Freundin mehr habe, auch keinen Lover und keine
Sekretärin.« Jetzt fühlte sie sich leichter.

»Du hast Tessa entlassen?! Vor Weihnachten? Du
bist echt das Letzte!«

»Was? Nein, ich ...«

Das Nächste, was Amelie hörte, war ein Klacken
in der Leitung. Sophie hatte einfach aufgelegt. Die
blöde Kuh!

Und nun? Es war der 23. Dezember und Samstag
noch dazu. Heute arbeitete kein Mensch mehr in
den Büros. Alle mimten friedvolle Glückseligkeit
und Frohsinn, schmückten die Zimmer oder ver-
packten Geschenke. Als ob sie ein Datum
bräuchten ...

Sie zog sich einen weiteren Kaffee, schaltete die
Maschine aus und ging barfuß in ihr Büro. Spät-
abends und in der Nacht konnte sie am besten
arbeiten. Kein Telefon klingelte, keiner wollte etwas
von ihr. Perfekt!

Eine halbe Stunde später starrte sie immer noch

auf die Bestellungen, die zu ihrem Missfallen stag-
nierten. Guerilla Marketing. Natürlich. Sie brauchte
eine zündende Idee, etwas nie Dagewesenes.

Das sah ihr Kopf anders und weigerte sich, in
Gang zu kommen. War aber auch schwierig mit
leerem Magen. Nur ungern gab sie zu, dass an
produktives Arbeiten nicht zu denken war. Sie
musste schlafen. Einfach nur schlafen. Am besten
den ganzen nächsten Tag. Danach würde ihr sicher
etwas einfallen. Sie schlüpfte in ihre Manolos und
zog den Mantel über.

Es begann, leicht zu schneien, als der Taxifahrer
vor ihrem Haus hielt. »Na, Sie zelebrieren ja das
Fest der Liebe bis zum Anschlag, Miss. Tolle
Dekoration. Selten so ein schön geschmücktes
Haus gesehen. Das müssen ja Millionen von Lich-
tern sein. Na, wer es sich leisten kann …«

Wortlos drückte Amelie ihm ein paar Scheine in
die Hand und stieg aus. Sie würde Elisa in den
Schornstein stopfen und ein Feuer im Kamin
anzünden!

Sie stolperte über den mit Teelichtern in Einmach-
gläsern gesäumten Weg zu ihrem Haus, an einem
überdimensionierten, künstlichen Schneemann

vorbei und brauchte drei Versuche, bis sie endlich den Schlüssel im Schloss hatte.

Im Wohnzimmer traf sie der nächste Schlag.

Elisa

Plopp! Irgendetwas war heruntergefallen. Elisa blickte über die Schulter.

»Oh. Hallo, Amelie.«

»Was ist das hier?! Eine Plüschtier-Convention?« Amelie stand mitten im Raum, starrte sie entgeistert an und zu ihren Füßen lag eine Handtasche. Ah, das musste das Plopp gewesen sein.

»Nur ein paar Engelchen. Es sind genau zweiund-fünfzig.« Sie richtete sich auf, trat zu Amelie und hob die Handtasche auf. »Was ist eine Convention?«

Jetzt kam Bewegung in Amelie. Wie eine Furie stob sie an ihr vorbei Richtung Sofa und raffte alle sorgsam in den zauberhaften Tütchen neben-einander aufgereihten Stoffengel zusammen und beförderte sie kurzerhand auf den Sessel.

Elisa verstand nur die Worte »Engelscheiß«, »Wahnsinnige« und »Anstalt«.

Sie tippte ihr auf die Schulter und Amelie fuhr herum. Ihre Nasenspitze war nur eine Handbreit von ihrer entfernt.

»RAUS HIER!«, brüllte Amelie.

»Wer unterschreitet jetzt den Mindestabstand?«, fragte Elisa freundlich, packte sie an den Schultern und drückte sie aufs Sofa. »Im Guten geht es bei dir nicht, hm? Dann eben anders, Miss Stone.«

»Das ist MEIN Haus, du wirst mir nicht sagen, was ich in MEINEM Haus zu tun und zu lassen habe!« Amelie wollte in die Höhe kommen.

Ohne lange zu überlegen, vollführte Elisa eine zackige Handbewegung in Richtung Sofa und sorgte so dafür, dass Amelie tun konnte, was sie wollte, sie würde nicht in der Lage sein aufzustehen. »Und jetzt hörst du mir zu, klar?« Sie setzte sich auf die Tischkante und verschränkte die Hände im Schoß.

»Was ... was passiert da mit mir?!« Verwirrt und mit größtmöglicher Anstrengung versuchte Amelie aufzustehen. Natürlich ohne Erfolg.

»Ich zwinge dich, nicht davonzulaufen. So einfach ist das. Hast du bemerkt, dass du ständig flüchtest?

Hauptsächlich vor dir selbst. Schon übel, wenn du dir eingestehen müsstest, keine Freunde zu haben. Keine Sophie, keine Tessa und … jetzt auch keinen Lover mehr. Niemanden, der dich liebt. Und viel wichtiger noch: Niemanden, den du aus vollem Herzen lieben kannst. Du hast nur noch mich, Schätzchen.«

Die harten Worte taten ihr leid, aber anders schien kein Beikommen.

»Na und? Ich brauche niemanden. Am wenigstens eine blonde Verrückte!«

Schlimm. Die Frau war total vernagelt. Elisa seufzte auf. »Wir haben jetzt zehn Uhr am Abend. Wenn alles gut läuft, bist du mich in ziemlich genau sechsundzwanzig Stunden los. Du kannst dich wehren, führt aber zu nichts. Und ich lasse dich erst wieder aufstehen, wenn du kooperierst.«

»Das ist Erpressung!«, brüllte Amelie und ihr Kopf wurde vor Anstrengung ganz rot.

»Richtig. Und wenn du so weitermachst, platzen dir noch ein paar Äderchen auf den Wangen.«

Das hatte Erfolg. Amelie gab auf, funkelte sie jedoch weiterhin wütend an.

»Was meinst du mit: *Wenn alles gut läuft?* Und was geschieht, wenn es nicht *gut* läuft?«

Elisa lächelte, schlug ein Bein über und umfasste mit beiden Händen ein Knie. »Tja, dann wirst du wohl den Rest deines Lebens mit mir verbringen.«

Das war gelogen, aber das wusste Amelie ja nicht. Und Notlügen waren erlaubt – hoffte sie zumindest. Und diese Lüge war in diesem speziellen Fall das beste Druckmittel. Offensichtlich gab es für Amelie nichts Schrecklicheres als die Gegenwart eines Engels. Und den Kontrollverlust. Also musste sie genau an dieser Stelle ansetzen.

»Um Gottes willen …!«

»Jetzt hast du es. Also?«

»Gut, ich kooperiere.« Amelies Stimme klang äußerst genervt. »Aber nur, wenn du dann tatsächlich für immer verschwindest. Und jetzt lass mich aufstehen!«

»Noch nicht. Erst wenn du mir versprichst, mit mir einen gemütlichen Filmabend zu verbringen. So wie Freundinnen das tun. Heiße Schokolade mit kleinen Marshmallowstückchen, Kuschelsocken, Kaminfeuer …«

»Also bitte! Wir und Freundinnen? Ich glaube, ich muss mich gepflegt übergeben. Außerdem habe ich kein Brennholz. Noch nie gehabt.«

»Ach ja?« In diesem Moment loderte ein Feuer im offenen Kamin auf und Amelie zuckte erschreckt zusammen.

»Wie …?«

»Das sage ich dir jetzt nicht noch einmal. So, du kannst schon mal den Fernseher anschalten, ich hole die heiße Schokolade. Ach, neben dir liegen die Kuschelsocken. Sind die traumhaft oder was? Bis gleich.«

Mit langen Schritten ging sie in die Küche. Wohlweislich hatte sie Amelie noch nicht von der Sofaverbannung befreit. Ihr war zuzutrauen, sich heimlich aus dem Staub zu machen und damit wertvolle Zeit zu verschwenden.

Mhm, heiße Schokolade mit Marshmallowstückchen. Sie hatte es erst mit Toast probiert, okay, auch mit Vanillekipferl. Aber die waren sofort aufgeweicht und in die Tasse gebröselt. Nicht gut, obwohl es absolut köstlich gemundet hatte. Die Mini-Marshmallows dagegen schwammen formstabil auf der Oberfläche. Ein Hochgenuss. Sie musste dringend eine Liste anfertigen. Bei jeder Mission kamen mehr Lebensmittel hinzu, auf die sie nicht mehr verzichten mochte. Bislang hatte jedoch noch keines ihr geliebtes Dinkelbrot mit daumendick Butter darauf von Platz eins verdrängen können.

Mit zwei dickbauchigen Tassen trat Elisa ins Wohnzimmer. »Jetzt kommt der gemütliche Teil. Ach, das wird wunderbar.«

Gegen Mitternacht schaltete Elisa den Fernseher aus und zog Amelie die Decke hoch bis ans Kinn. Sie war kurz vor Ende des Films »Drei Haselnüsse für Aschenbrödel« eingeschlafen. Und Elisa hatte sehr wohl bemerkt, wie Amelie sich verlegen eine Träne weggetupft hatte, doch kein Wort darüber verloren.

Ihr selbst hatte diese herzerwärmende und romantische Märchenadaption sehr gefallen, auch wenn es kein typischer Weihnachtsfilm war. Er wurde als Kultfilm im Internet angepriesen, also hatte sie sich dafür entschieden. Ach, was hatte sie gelacht, als die bösen Schwestern entsetzt aufjaulend mit der Kutsche in den eisigen Wassergraben fuhren. Ein schöner Denkzettel für die hartherzigen Weiber.

Denkzettel. In Gedanken vertieft trat Elisa ins Freie und blickte zu dem samtblauen Sternenhimmel hoch. Sie hatte nur noch einen Tag ...

Amelie

»Herzlich willkommen bei den *Honey Bunch Brooklyn Kids!* Ich bin Greta Middleton, die Leiterin der Tagesstätte. Sie müssen Miss Stone sein. Welch eine Ehre, Sie hier bei uns begrüßen zu dürfen.«

»Freut mich ebenso«, antworte Amelie missmutig und erwiderte den festen Händedruck der circa sechzig Jahre alten Frau. Vielleicht war sie auch jünger. Das mausgraue Outfit, die streng zurückgebundenen, aschblonden Haare und das schwarze Gestell auf der Nase ließen sie möglicherweise älter wirken.

»Und ich bin Elisa!« Die Verrückte schob sich mit dem Korb voller Stoffengel an ihr vorbei und strahlte die mausgraue Hortchefin an, als wäre sie eine göttliche Erscheinung.

Amelie verkniff sich ein Grinsen, als die Middleton nur eine Braue hochzog und sie beide bat, ihr zu folgen.

Wurde auch Zeit. Je zügiger sie diese Aktion hinter sich brachte, umso besser.

Steif trippelte die Middleton vor ihnen her und erinnerte Amelie entfernt an die Heimchefin aus ihrer eigenen Kindheit. Sie hatte diesen Drachen gehasst. Ob die Frau noch lebte? Schon damals war sie steinalt gewesen. Bestimmt vierzig.

»Oh, ich freu mich so auf die glänzenden Kinderaugen«, flüsterte Elisa ihr zu. »Du dich auch?«

»Nein«, zischte Amelie. »Und das weißt du genau, du miese Kopie von einem Engel!«

»Das war nicht nett!« Aus dem Augenwinkel registrierte sie, wie Elisa ihre Unterlippe nach vorne schob.

Vor ihnen schwang eine Tür auf. »Bitte schön, wir sind da. Sie werden bereits erwartet«, näselte Mausgrau affektiert.

Du liebe Güte … Amelie wusste nicht recht, was sie erwartet hatte, aber nicht das. Eine Horde Kinder von drei bis zehn Jahren, stocksteif, wie ein Kinderchor in drei Reihen hintereinander postiert, und alle hielten sie brav ihre Hände vor dem Körper gefaltet.

Durch eine Reihe Fenster, die so weit oben angebracht waren, dass man sie nur mit einer Leiter erreichen konnte, fiel diffuses Licht. Eine künstliche Tannengirlande spannte sich einsam von einem Ende der langen Wand zur anderen. Darunter ein Beistelltisch mit einer brennenden Kerze im Tannenbett.

Das war es auch schon mit weihnachtlicher Dekoration.

Betreten blieb Amelie in der Tür stehen und wusste nicht so recht, wie sie sich verhalten sollte.

Elisa dagegen stürmte mit einem lauten Hallo in den Raum, setzte sich mitten in die Halle und stellte den Korb vor sich ab.

Middleton klatschte in die Hände und die Kinder sangen Jingle Bells.

Wie furchtbar! Nicht das Jingle Bells, eher die gesamte Szenerie. Künstliche Weihnachtsstimmung im Kasernenstil. Amelie musste schlucken. Sie mochte Weihnachten nicht, aber das hier war einfach … lächerlich. Ja, genau. Lächerlich. Ein unwürdiges Schauspiel.

Als die Kinder verstummten, klatschte Elisa in die Hände.

»Wie wunderbar ihr singen könnt, fast wie Engel. Los, jetzt steht hier nicht rum wie die Zinnsoldaten. Kommt zu mir und Amelie.« Sie warf ihr einen Blick über die Schulter zu, der keine Fragen offenließ. »Na los, kommt, setzt euch zu uns. Wir haben für jeden von euch etwas dabei. Ich bin Elisa und die hübsche Frau da hinten, das ist Amelie. Von ihr sind die Geschenke.«

Amelie schlüpfte aus Jacke und Manolos, denn sie hatte gesehen, dass die Kinder Hausschuhe trugen und Elisa auch ihre Schuhe ausgezogen hatte, allerdings erst, als sie saß.

Umständlich ließ sie sich einen knappen Meter neben Elisa nieder und setzte so etwas wie ein Lächeln auf. Und kam sich absolut dämlich dabei vor. Wobei dämlich vielleicht der falsche Ausdruck für ihre Empfindung war. Sie fühlte sich unwohl, fast so, als wäre sie selbst wieder ein Kind, im Heim, zu Weihnachten, allein, mit all ihren … Unwirsch schüttelte sie diese lästigen Gedanken ab.

Sie wollte nicht hier sein. So viel stand fest.

Jemand zupfte an ihrer weißen Bluse. »Du, Amelie? Hast du auch Kinder?«

Ein bildhübsches, rot gelocktes Mädchen sah sie neugierig aus unglaublich grünen Augen an. Wie alt mochte sie sein? Sieben? Acht?

»Nein … Nein, ich habe keine Kinder.«

»Das ist aber schade, du wärst sicher eine tolle Mom.« Sie rutschte näher zu ihr und nahm zu

Amelies Entsetzen ihre Hand in ihre kleinen Hände.

Diese grünen Augen rührten etwas in ihr an. Schnell sah sie beiseite. »Wie kommst du da drauf?«

»Na, wenn eine so nette Frau wie du fremden Kindern Geschenke macht, muss die doch eine tolle Mom sein, oder?«

Amelie zuckte mit den Schultern und blickte Hilfe suchend zu Elisa. Die wurde bereits von Kindern umzingelt, verteilte fleißig die Schutzengelchen. Ein etwa drei Jahre altes Mädchen mit einer roten Schleife im Haar saß auf Elisas Schoß und bewunderte Elisas lange blonde Locken. Und Elisa nannte jedes Kind bei seinem Namen.

»Hier ist der Engel für dich, Melinda.« Elisa reichte dem Mädchen zwei Organzasäckchen. »Und gib deiner Mutter heute Abend auch eines von Amelie, ja?«

Melinda? Hieß so nicht Tessas Tochter? Sie musste sich eingestehen, Tessas Kind noch nie gesehen zu haben. Doch, natürlich! Auf dem Foto auf Tessas Schreibtisch. Das etwa gleichaltrige Mädchen hielt jetzt mit einem traurigen Ausdruck im Gesicht zwei Organzasäckchen in den Händen. Sie sah Melinda sehr ähnlich.

Was machte Tessas Tochter an diesem schrecklichen Ort?

»Danke schön«, sagte sie gefasst. »Aber meine Mama muss die ganze Nacht an einer Tankstelle arbeiten. Sie hat ihre Arbeit verloren. Und ich bin bei Oma.«

Es musste sich um Tessas Melinda handeln. Schnell wandte Amelie sich ab.

»Und wie heißt du?«, fragte sie das rothaarige Mädchen vor sich, das vor ihr saß, sie nach wie vor anstrahlte und ihre Hand hielt.

»Jennifer. Jennifer Stacy. Aber du darfst Jenny zu mir sagen.«

In Amelie gefror etwas zu Eis und schloss sich wie eine Faust um ihre Eingeweide. Erstaunt starrte sie dieses Mädchen an und fühlte sich so, als wäre sie selbst wieder acht Jahre alt.

Wenn ich mal groß bin, Amy, dann will ich einen Stall voller Kinder haben. Und denen soll es besser gehen. Sie sollen eine richtig liebe Mom und einen tollen Dad haben. Am liebsten will ich zwei Mädchen und zwei Jungs. Die Mädchen heißen dann Jennifer und Amanda. Die Jungs Aiden und Jaden.

Erst jetzt erkannte sie die Ähnlichkeit.

»Du … du hast noch Geschwister, Jenny?«

120

»Ja, einen großen Bruder.«

»Und wo sind denn deine Eltern heute, dass du in die Tagesstätte musst?«

»Arbeiten«, strahlte Jenny sie an. »Mom muss Geld verdienen. Sie sagt, sie macht, dass wir ein ganz wunderbares Weihnachten haben.«

»Hey, Amelie!« Elisa hielt ihr drei Engelchen hin. »Würdest du die bitte Jennifer geben?«

Durch Amelie ging ein Ruck. Sie nahm Elisa die drei Säckchen aus der Hand. Auf einem stand *Jenny*. Sie gab es ihr. »Für dich, Jennifer. Frohe …« Dann brach ihre Stimme ab.

Auf den beiden anderen standen die Namen: *Aiden* und … *Clarissa*.

Schlagartig stülpte sich eine eisige Glocke über sie. Sie saß tatsächlich vor Clarissas Tochter.

»Hier …« Sie drückte Jennifer die beiden anderen Engel in die Hand und stand umständlich auf. Ihre Beine fühlten sich an wie Pudding, ihre Finger waren eiskalt, dafür brannten ihre Augen.

Sie musste hier raus, sofort!

Die Arme um sich geschlungen und schlotternd vor Kälte, stand sie zwei Blocks weiter an der Straße und hoffte, ein Taxi zu bekommen. Sie fror erbärmlich ohne Jacke und nur in Seidenstrümpfen.

Plötzlich legte ihr jemand etwas um ihre Schulter.

»Ganz schön unhöflich, einfach davonzulaufen. Ich habe den Kindern erklärt, dass dir in emotionalen Momenten immer übel wird. Verzeih mir die kleine Notlüge. Und hier, deine Schuhe.«

Vor Amelies Augen baumelten die Manolos.

»Danke, Elisa«, sagte sie schlotternd, zog die Jacke an und schlüpfte in die Schuhe.

»Hast du die leuchtenden Kinderaugen gesehen? Arme Würmchen. Müssen einen Tag vor dem Fest in den Hort, weil ihre Eltern arbeiten. Ist das nicht traurig?«

Amelie hob die Hand. »Taxi. TAXI!«

Es fuhr vorbei. Daran war diese Elisa schuld! Wie auch an allem anderen. Es reichte!

»Magst du nichts darauf sagen?«

»Nein. TAXI!«

»Ja, ja. Blende du deine Gefühle nur aus. Kannst du gut.«

In Amelie wuchs das Bedürfnis, den Plagegeist vor den nächsten Bus zu stoßen.

»Hör zu, Engel, Teufel, was auch immer. Es reicht. Ich verzichte auf deine Gegenwart. Endgültig. Von mir aus kannst du mir bis ans Ende aller Tage am Hintern kleben, ich werde dich und deine gemeinen Winkelzüge ignorieren. Das kann ich ebenfalls verdammt gut!«

In diesem Moment hielt ein Taxi. Gott sei Dank!

Wenn sich glitzernder Schnee …

… wie Puderzucker auf die Zweige legt
und weihnachtliche Klänge von überallher
erklingen, ist das ja ganz nett.
Vorausgesetzt, man mag es.

Elisa

Elisa atmete tief durch und sah dem Taxi hinterher. Insgeheim hatte sie gehofft, nicht zu dem letzten Mittel greifen zu müssen. Jemandem zu helfen, war eine Sache, ihm absichtlich wehzutun, eine andere. Auch wenn dieser geradezu danach schrie.

»Brauchst du Hilfe?«, erklang Gabriels Stimme aus ihrer Manteltasche. Dankbar zog sie das Handy hervor.

»Wenn ich Ja sage, käme das einer Kapitulation gleich, oder? Ich hätte dann meine Aufgabe nicht alleine gelöst.«

Gabriel wiegte den Kopf hin und her. »Sie ist ein härterer Brocken als vermutet, hm?«

»Allerdings. Du weißt, was ich vorhabe?«

»Natürlich wissen wir das. Du hast die Freigabe vom Herrn persönlich. Er amüsiert sich köstlich, wie du dir denken kannst. Schaffst du es alleine?«

Elisa konnte nur stumm nicken, beendete die Übertragung und steckte das Handy zurück in die Manteltasche. Na dann …

Sie senkte die Lider.

Ihr Erscheinen einen Wimpernschlag später rief genau die Reaktion hervor, die sie erwartet hatte. Amelie schrie auf, als würde sie, Elisa, nicht einfach nur neben ihr sitzen, sondern ihr ein Messer an den Hals halten, und rückte hektisch von ihr ab.

Der Taxifahrer blieb seltsam unbeteiligt. Gut, vielleicht bekam er auch nur nichts mit. Bei dem regen Verkehr auf der Straße musste er sich gewiss sehr konzentrieren.

»Du wolltest mich absichtlich übersehen, klappt wohl nicht«, begann Elisa und konnte nicht umhin, der Sache einen gewissen Humor abzugewinnen. »Bevor du deine Sprache wiederfindest, vergiss das Atmen nicht. Im Übrigen erzähle ich dir jetzt etwas aus deiner Zukunft.«

»Das will ich nicht hören. Hau ab!« Sie kramte hektisch nach der Geldbörse, zog einen Schein heraus und tippte dem Taxifahrer auf die Schulter. »Halten Sie an, sofort!«

»Jetzt?«, fragte der Fahrer verblüfft und nahm den Schein. »Das ist viel zu …«

»Wenn ich sage SOFORT, meine ich SOFORT!«

Abrupt bremste der Wagen ab und Amelie verließ fluchtartig das Taxi.

Elisa folgte ihr. Unglaublich, wie schnell die Frau auf High Heels laufen konnte.

»Jetzt renn doch nicht so!« Sie packte sie am Arm, doch Amelie versuchte sie abzuschütteln. »Du wirst mich nicht los, Miss Stone. Im Übrigen ist es völlig egal, was du willst, glaub mir. Denn das, was du willst, ist nicht das, was du brauchst.«

»Was ICH brauche, weiß ich wohl am besten!«

»Natürlich … Komm mit. Wir essen jetzt Kuchen, da ist ein Café.«

Ohne ihre Reaktion abzuwarten, zog sie Amelie in ein gemütliches Café und wählte einen Tisch ganz hinten.

Das Café war beinahe leer, bis auf zwei ältere Frauen direkt am Fenster. Gut so. Je weniger Zuhörer, umso besser.

Sie drückte Amelie auf einen Stuhl. »Bitte, lass uns einen Kaffee trinken, Kuchen essen und uns beruhigen. Es bringt doch nichts, Hals über Kopf davonzurennen.«

Keine Reaktion. Offenbar hatte Amelie beschlossen, in Starre zu verfallen, anstatt davonzurennen.

Elisa entwickelte so etwas Ähnliches wie Zorn. Amelie war verbohrt und gefangen in sich selbst. Etwas anzunehmen, das ihr die Gelegenheit gab, aus ihrem selbst errichteten Gefängnis auszubrechen, war für sie unvorstellbar.

Sie nahm sich eine von zwei Karten und las laut vor: »Cheesecake, Blueberry-Cheesecake, Chocolate Cake, Banana Cream Pie, Marron Cake ... Puh, was für eine Auswahl.«

»Was darf ich Ihnen bringen?«, hörte Elisa die Stimme des Kellners und ging hastig die restlichen Kuchen auf der Karte durch. »Moment, ich hab's gleich.«

»Für mich Kaffee und Marron Cake«, sagte Amelie knapp.

»Sehr wohl, Miss Stone. Und was möchtest du, Elisa?«

Wie aus der Pistole geschossen klappte Elisa die Karte zu und setzte sich kerzengerade auf.

»Herr?! Was tust du denn hier?«

»Nach was sieht es denn aus? Ich kellnere.«

Ein Seitenblick auf Amelie verriet ihr, dass diese mit offenem Mund den Kellner anstarrte und nun völlig versteinert wirkte.

»Vom Bettler zum Tellerwäscher zum Millionär?« Elisa zwinkerte ihm zu.

»Millionär muss nicht sein, aber Busfahrer hätte was. Hast du dich für einen Kuchen entschieden?«

»Busfahrer … Besonders anspruchsvoll warst du ja noch nie. Ich denke, ich nehme den Cheesecake.«

»Kaffee dazu?«

»Blond und süß, bitte.«

»Sehr wohl, der Engel.« Damit machte er kehrt.

Amelie bekam einen hysterischen Lachanfall und rieb sich mit beiden Händen das Gesicht. »Ein Engel … Und jetzt auch noch Gott persönlich als Kellner. Ja, klar … Du lieber Himmel, ich bin es wohl, die verrückt geworden ist.«

»Durchaus nicht.« Schneller als erwartet servierte der Kellner Kaffee und Kuchen. »Nur ein besonders hartnäckiger Fall und wenig Zeit. Elisa, du bist dran.«

Elisa wartete, bis sie wieder alleine waren, gab sich vordergründig seelenruhig und rührte Milch und

Zucker in den Kaffee. Dann probierte sie den Cheesecake. »Oh, köstlich. Zart, fluffig, cremig. Und was hast du für einen Kuchen? Marron Cake sagt mir nichts.«

Absichtlich gab sie Amelie einen Moment, die Situation zu verarbeiten, doch Amelie blickte stur geradeaus, reckte das Kinn vor und verschränkte die Arme vor der Brust. »Kastanie, Süßkartoffel und Rum«, presste sie hervor.

»Hört sich interessant an.« Elisa legte die Gabel beiseite und stützte den Kopf auf das Kinn. »Wo waren wir stehen geblieben? Ah ja, du weißt nicht, was gut für dich ist.«

»Und ob ich das weiß!«, antwortete Amelie hitzig und schlug mit den flachen Händen auf den Tisch, dass es schepperte. »Und jetzt gehe ich. Sofort!«

Noch bevor Amelie aufstehen konnte, vollführte Elisa kleine, kreisende Bewegungen mit ihren Zeigefinger Richtung Stuhl. »Du kennst das schon. Entweder du kooperierst oder wir machen es uns hier im Café für lange Zeit gemütlich. Für sehr lange Zeit.«

Auch das war wieder gelogen.

Am liebsten hätte Elisa dieser verbohrten Eselin links und rechts eine runtergehauen.

Manchmal sollte das ja Wunder wirken.

»Von mir aus …« Amelie verschränkte die Arme und sah stur an ihr vorbei. Tat so, als betrachte sie die Einrichtung des Cafés.

»Wie du willst.« Elisa ließ sich nach hinten fallen und blickte ebenso wie Amelie nach vorne. »Falls du es immer noch nicht begriffen hast … Du bist ein Mensch, dem man gerne aus dem Weg geht. Du meidest dich ja sogar selbst. Und nebenbei alles, was dir helfen könnte, wieder zu der Amelie zu werden, die du eigentlich bist. Sei doch mal ehrlich: Du sehnst dich nach Freundschaft, nach Liebe, nach Menschen, mit denen du unbeschwert lachen kannst. Nun, ich bin hier, um dir genau das zurückzugeben. Dazu gehört auch, dir den Zauber der Weihnacht nahezubringen.«

»Das ist dir misslungen.«

»Danke für den Hinweis, hab ich selbst bemerkt. Aber nur, weil du …« Sie beugte sich über den kleinen, runden Tisch und pikste sie zwei Mal mit dem Finger in den Oberarm. »… so vernagelt bist. Deine Empfindungen sind wie ein windschiefes Haus zusammengebrochen und haben dich unter deinem eigenen Schutt begraben.«

»Ach, werden wir jetzt philosophisch?«

»Gut, dann klare Kante. Ich weiß, dass deine nächste Weihnachtskampagne auf der Insel La Réunion stattfindet.«

»Das kannst du nicht wissen, ich habe mit keinem …« Amelie blickte sie überrascht an und nahm die Kuchengabel wie eine Waffe in die Hand.

»Sag noch mal, dass du verdammt gut ignorieren kannst.« Elisa konnte sich ein Grinsen nicht verkneifen.

»Komm endlich zur Sache, Engel!«, ertönte eine dunkle Stimme von hinten.

»Okay …« Gott hatte ja recht. Es blieb keine Zeit für langes Gerede, das an Amelie abprallte wie ein Gummiball an der Wand. »Ich mache es kurz: Nächstes Jahr im September wirst du auf La Réunion die Bekanntschaft mit einem Hai machen, die für dich tödlich enden wird.«

»Mit einem was? Und was heißt tödlich enden?« Amelie drückte sich nach hinten in die Lehne, weg von ihr.

Himmel noch mal!

»Sterben! Vom Hai gefressen, genauer, von einem Tigerhai. Das hübsche Tier schwimmt meist in Gruppen und hat dich zuerst entdeckt. Er verspeist dich nicht sofort, sondern knabbert erst an einer

Stelle, die ziemlich … ungünstig ist.« Sie hob ihre Fingerspitzen an den Hals. »Ungefähr hier. Dann lässt er dich los und die anderen in der Gruppe erledigen den Rest. Tja. Tot. So schnell kann's gehen. Deine Leiche … schlimmes Wort, oder? Sagen wir, deine Überreste … Auch nicht besser, aber mir fällt gerade nichts Passenderes ein. Also, deine Überreste werden niemals gefunden. Wahrscheinlich wachsen auf deinen Knochen irgendwann Korallen. Schön bunt und zahlreich.«

»Du schwindelst mich an.«

»Warum sollte ich das tun? Ich habe den Auftrag, zwei Menschen zusammenzuführen. Dich und Ryan. Und wenn es irgendwie möglich ist, lebend.«

»Ryan?« Amelie beugte sich vor und ihre Augen blitzten angriffslustig. »Also hat er dich doch geschickt! Ryan! Pah!« Damit lehnte sie sich wieder zurück und verschränkte die Arme erneut vor der Brust.

»Er liebt dich.«

»Ja, klar.«

»Und du liebst ihn. Immer noch. Du willst es dir nur nicht eingestehen.«

»Du musst es ja wissen …«

»Oh ja. Nur keine Gefühle investieren, nicht wahr?

Dafür gibt es keine Arbeitsanweisung, keinen Geschäftsplan. Es lässt sich schwer kontrollieren. Im Prinzip bist du nur aus Angst vor deinen Gefühlen zu Ryan davongelaufen.«

»Das wüsste ich aber.« Amelies Kinn zuckte vor. »Mit einem Mann, der Weihnachten zum Mittelpunkt seines Lebens macht, kann ich nichts anfangen.«

Unsicher, ob sie den letzten Joker aus der Tasche ziehen sollte, rutschte Elisa auf dem Stuhl hin und her. Sie musste es zumindest probieren. Ein letztes Mal.

»Amelie …«, begann sie mit einschmeichelnder Stimme. »Im Grunde deines Herzens sehnst du dich nach Liebe, nach einer Umarmung, nach einem Mann, der die Leere in dir ausfüllt. Du gibst diesen Emotionen nur keinen Raum, vergräbst sie tief in dir. Verbietest sie dir sogar. Dabei hilft dir der Vorsatz, Menschen zu verachten, vor allem die, die ihr Herz auf der Zunge tragen, Gefühl zeigen, über Feiertage und Geburtstage rührselig werden und ihre Arbeit vernachlässigen. Doch insgeheim strebt alles in dir nach genau dieser Empfindsamkeit und du beneidet sie um ihr privates Glück.«

»Du redest absoluten Müll. Und das Thema Ryan ist für mich schon lange erledigt.«

»Gut, dann viel Spaß auf der Insel!« Elisa verschränkte ebenfalls die Arme. Die blöde Kuh konnte sie mal. Keinen Finger würde sie mehr für sie krumm machen.

Hinten hüstelte es und Elisa verdrehte die Augen. »Ja, ist ja schon gut. Ich zeige es ihr.«

»Was zeigst du mir?« Misstrauisch drehte Amelie den Kopf zu ihr.

Es fiel Elisa schwer, das zu tun. Ob sie es wirklich so weit kommen lassen musste?

»Ja. Und jetzt denke nicht weiter darüber nach.« Gott trat hinter sie und legte seine Hände auf ihre Schulter. Seine Stimme hatte einen dringlichen Unterton angenommen.

Elisa seufzte lange auf. Sie hatte keine Zeit mehr. Und leider auch keine Wahl. Energisch schloss sie ihre Finger um Amelies Handgelenk.

»Tut mir leid, aber du willst es nicht anders.«

Amelie

Plötzlich verschwamm alles vor ihren Augen und sie hatte das Gefühl, sich in rasender Schnelligkeit um sich selbst zu drehen.

Amelie wurde es schwindelig. Sie schrie auf, krallte sich an den Tisch.

Mit einem Schlag hörte das Drehen auf und sie stand im Freien.

Wieso war es so warm? Verwirrt blickte sie um sich.

Ach du Sch…

Sie riss sich von Elisa los, die sie immer noch festhielt. »Warum zur Hölle schleppst du mich auf einen Friedhof?!«

»Frag nicht, sieh hin.« Elisa deutete mit der Hand an ihr vorbei.

Wenige Meter vor ihnen hatte sich eine Trauergesellschaft versammelt. Na ja, etwas übertrieben. Es standen genau vier Menschen, einer davon ein Geistlicher, vor einem offenen Grab.

»Ryan? Sophie?! Tessa auch?!« Ungläubig tat Amelie einen Schritt vor und wollte Sophie an der Schulter berühren. Ihre Hand jedoch fuhr mitten durch sie durch.

Ein schlechter Traum, ein ganz schlechter. Hysterisch lachte sie auf und schloss die Augen. *Aufwachen, ich will jetzt sofort aufwachen!*

»Immer noch kein Traum«, hörte sie Elisa sagen. »Hör zu.«

»… und stets die Augen nach vorne gerichtet, der Konkurrenz die Stirn geboten und unerschütterlich allen Stürmen getrotzt. Amelie Stone hat ihre Arbeit geliebt wie keine andere. Mit tollkühnem Herzen und ganzer Seele verfolgte sie ihr Ziel, Stylish Amy *zu dem zu machen, was es heute ist. Dank ihr haben wir erkannt, was im Business wirklich wichtig ist. Liebe Trauergemeinde … unsere geschätzte Freundin und Vorgesetzte blickt jetzt lächelnd auf uns herab. Sie spürt keine Schmerzen mehr, seid gewiss. Auch wenn ihre leiblichen Überreste niemals gefunden wurden, so haben wir dennoch einen Ort, um mit Amelie Stone in das stille Zwiegespräch zu treten. Wir …«*

Eine eiskalte Hand umklammerte ihr Herz und drückte gnadenlos zu.

Sie konnte es nicht ertragen, in dieses tiefe Loch zu sehen, ihren Sarg zu sehen, in dem sie nicht einmal lag. Ihr Grab! Der Anblick von Sophie schnitt ihr unsagbar schmerzvoll ins Herz.

Die Schultern ihrer Freundin zuckten ununterbrochen und unablässig rannen Tränen über ihre Wangen. Ryan hatte einen Arm um Sophie gelegt. Ryan ... Er wirkte wie ein Mann, der all seine Lebensfreude verloren hatte. Sein Teint war grau, eingefallen, jeder Glanz aus seinen hellen Augen verschwunden.

Ein schwerer, glühender Stein schob sich in Amelie hoch und sein Feuer brannte in ihren Augen. Plötzlich hörte sie einen gequälten Schrei. Ihren eigenen.

Auf dem Absatz machte sie kehrt und rannte los. Sie stolperte mehrmals, knickte um. Egal. Weg mit den Schuhen. Sie zog sie aus, warf sie nach hinten und lief weiter.

Nur weg hier! Weg aus diesem Albtraum.

Atemlos blieb sie schließlich an einer alten Eiche stehen und stützte sich an dem dicken Stamm ab.

Oh Gott ... Bitte! Nimm diesen Traum von mir. Bitte ...

Eine zarte Berührung auf ihrer Schulter milderte das Zittern ihres Körpers etwas ab.

Elisa. Sie sagte nichts, aber ihre Berührung tat irgendwie gut.

»Ich …« Es fiel Amelie schwer, zu sprechen, und ihre Stimme klang ihr fremd. »Mein … Warum sind so wenige Menschen da? Kein Patrick, keine Geschäftspartner, kein …« Jetzt drehte sie sich um, ihr Herz voller panischer Angst und Bestürzung. »Wird das wirklich passieren?«

Elisa blickte sie nur traurig an und nickte. Über ihre Wange kullerte eine glitzernde Träne.

Amelie schlug die Hände vor das Gesicht. Wie blind sie doch gewesen war … wie blind. Wie dumm, wie …

Eine Hand strich ihr über die Haare. Oh, verdammt …

»Du wolltest nur dich selbst schützen«, hörte sie Elisa mit beruhigender Stimme sagen.

»Amelie?« Eine helle Stimme bohrte sich in Amelies Kopf. Sie senkte die Hände und blickte nach unten. Das konnte nicht sein.

»Clarissa?!«

Ihre kleine Freundin von damals nahm ihre Hand. Amelie bückte sich und war plötzlich wieder zehn Jahre alt. Einem Impuls folgend und ohne nachzudenken, schloss sie Clarissa in die Arme und vergrub ihr Gesicht in ihren roten Locken.

»Weißt du noch, was du dir immer gewünscht hast?« Clarissa schob sie ein Stück von sich und sah sie aus leuchtend grünen Augen an.

Amelie schüttelte den Kopf und brachte keinen Ton heraus. Sie hatte wohl vergessen, was sie sich jemals gewünscht hatte.

»Erinnerst du dich, dass du den großen Jungen heiraten wolltest? Er hieß Hank. Ein hübscher Junge mit blonden, streichholzkurzen Haaren und blauen Augen. Er hat so ein bisschen ausgesehen wie der Michel aus Lönneberga. Du warst unsterblich in Hank verliebt …«

Jetzt fiel es ihr wieder ein!

»Ja, und dann ging er fort und ich habe nie wieder etwas von ihm gehört.«

Der Schmerz hatte sie über viele Monate hinweg begleitet. Es war ihr, als zerriss ihr genau dieser Schmerz erneut das Herz.

»Und dann bin ich weggegangen. Ach, Amelie, das tut mir so leid. Verzeihst du mir?«

Und auch dieser vergangene Moment bohrte sich als glühende Faust in ihre Eingeweide.

Verzeihen? Wie konnte sie ihr etwas verzeihen, das sie ihr niemals übel genommen hatte? Sie war todtraurig gewesen, ja, aber niemals verärgert. »Oh,

Clarissa …« Die Tränen schossen Amelie aus den Augen und sie drückte das Mädchen noch fester an sich, hielt es fest, als wolle sie es nie wieder loslassen.

Es fühlte sich an, wie damals, es roch wie damals. Der Duft von Seife in Clarissas Haar … Oh, wie sehr hatte sie ihre Freundin vermisst.

Einen Moment später war Clarissa verschwunden.

Amelie saß in einem Taxi. Alleine. Keine Clarissa, keine Elisa.

Doch ein Traum, sie musste eingeschlafen sein. Oder doch nicht? Sie hatte noch den Geschmack des Kuchens auf ihrer Zunge.

Mit beiden Händen fuhr sie sich durch die Haare und blies verwundert die Backen auf.

Etwas war anders. Sie verspürte tief in sich ein unglaubliches Sehnen wie eine warme, weiche Umarmung. Intuitiv wollte sie diese Empfindung verdrängen, wie sie es immer tat.

Nein, diesmal nicht. Es fühlte sich zu wunderbar an.

Zu Hause angekommen, sprang sie aus dem Wagen, und als ob sie einen Schalter betätigt hätte, erglommen Millionen Lichter an ihrem Haus und erhellten die samtene Dunkelheit.

Innen empfing Elisa sie mit einem sonnigen Lächeln. In der Hand hielt sie ein in braunes Packpapier verpacktes Päckchen.

»Ach, da bist du ja. Ich hoffe, du nimmst mir die letzte Aktion nicht übel. Es war absolut notwendig. Aber jetzt … hier, ich habe etwas für dich. Pack es gleich aus.«

Elisa

Sie führte Amelie zum Sofa. Zu ihrer Freude leistete sie keinerlei Gegenwehr. Im Gegenteil.

»Was ist da drin?«, fragte sie und ihre Augen zeigten ehrliches Interesse.

Keinen Argwohn, keine Zurückhaltung. Puh … Da hatte es wirklich die Hammermethode gebraucht und einen ordentlichen Schuss vor den Bug, um Amelie die Augen zu öffnen.

Und ihr Herz.

Innerlich jubelnd beobachtete Elisa, wie Amelie ungeduldig und mit dem Ausdruck freudiger Anspannung das Papier herunterriss.

Glücklich seufzte Elisa auf, griff zu der Schale mit den Vanillekipferl auf dem Tisch und steckte sich eines davon in den Mund. Gespannt beobachtete sie das Mienenspiel Amelies und die freudige Röte, die sich auf ihren Wangen breitmachte.

»Und? Was sagst du?«

»Weihnachtskarten?« Irritiert nahm Amelie die oberste von dem schmalen Stapel, drehte sie flüchtig um und warf einen missbilligenden Blick darauf. »Warum schenkst du mir das? Ich kenne diese Karten. Das sind …«

»Alle Weihnachtskarten von Ryan, die er dir die letzten Jahre geschickt hat.«

Elisa strahlte und rutschte nervös auf dem Sofa hin und her. »Lies sie!«

Ein irritierter Blick von Amelie. »Ich habe sie alle gelesen.«

»Tatsächlich?«

»Okay, nein, die letzten drei nicht mehr.«

Ungeduldig zupfte Elisa eine Karte vom Tisch und hielt sie Amelie vor die Nase. Die beugte sich etwas zurück und verengte die Augen zu Schlitzen. »Frohe Weihnachten und ein gesundes und erfolgreiches neues Jahr wünscht dir Ryan.«

»Weiter.«

»Da steht nichts mehr.«

»Doch. Ganz unten links.« Elisa konnte sich kaum beherrschen, nicht selbst vorzulesen.

»In ewiger Liebe …«

»Ja, genau! In ewiger Liebe. Das steht auf jeder Karte, ganz klein. Nie gelesen, hm?«

Amelie schüttelte nur sprachlos den Kopf. Elisa wollte den Arm um sie legen und ihr sagen, dass alles gut werden würde, doch sie kam nicht mehr dazu.

»Ich muss zu ihm! Jetzt sofort!«

Völlig unerwartet sprang Amelie auf und stürmte aus dem Zimmer.

»Wunderbar!«, rief Elisa ihr hinterher. »Du solltest nur noch wissen, dass …«

Rumms! Das war die Tür.

Amelie war hinausgestürzt, ohne sich anzuhören, was sie ihr eigentlich noch mit auf den Weg geben wollte. Ob sie noch …? Nein. Das würde sich jetzt alleine regeln. Oder doch nicht? Sie steckte sich ein weiteres Kipferl in den Mund und sah auf die Uhr an der Wand. Acht Uhr am Abend.

Noch vier Stunden …

»Popcorn?«

»Gabriel, wo …?«

»Fernsehdisplay. Wollen wir via HeavensTube zusehen? Im Notfall kannst du …«

»… eingreifen. Geniale Idee. Aber ohne Popcorn. Ich habe doch Vanillekipferl.«

Amelie

Keine gute Idee. Aber jetzt war sie hier.

Ein Wunder, dass das Taxi, ohne durch einen Stau aufgehalten worden zu sein, in weniger als einer Stunde Putnam Valley erreichte.

»Sie warten hier«, sagte sie kurz angebunden zu dem Taxifahrer.

Damals hatte sie Ryan ausgelacht, sich in dieser Einöde ein Haus kaufen zu wollen, jetzt fand sie es eigentlich ganz nett hier. So ruhig.

Vor Ryans Haus am Oscawana Lake parkten fünf, nein sechs Autos und aus dem Inneren klang das Geräusch vieler Stimmen. Aufgeregt wie noch nie in ihrem Leben, betätigte sie die Klingel.

»Ich geh schon«, hörte sie eine Frau rufen und im nächsten Moment wurde die Tür geöffnet.

»Ja, bitte?«

Das war sie. Ryans Frau. In Windeseile verglich sie gedanklich das Foto in der Zeitung mit der Person ihr gegenüber.

Schlank, lange, glatte blonde Haare, etwa in ihrem Alter. Hinter der Frau flitzten zwei kleine Kinder vorbei – höchstens zwei oder drei Jahre alt.

Amelie biss sich auf die Unterlippe. Ryans Ehefrau. Seine Kinder, seine Familie.

»Entschuldigen Sie die Störung … Ich … ich habe mich wahrscheinlich in der Adresse geirrt. Ist hier nicht die Evergreen Road?«

Die attraktive Frau lachte und schüttelte den Kopf. »Nein, Sie sind hier in der Lakefront Road. Sie müssen in die Parallelstraße. Fahren Sie einfach zurück bis zur Gabelung und halten sich rechts.«

»Mommyyy.« Eine Miniaturausgabe von Ryans Frau klammerte sich an das Bein seiner Mutter und gähnte.

Amelie verzog das Gesicht zu einem Lächeln, obwohl ihr eher nach ausgiebigem Heulen zumute war. »Vielen Dank. Und verzeihen Sie die Störung.«

In diesem Augenblick trat Ryan aus der Küche. Ein verwunderter Blick, nur kurz, doch er genügte, um Amelies Herz fast aus dem Hals springen zu lassen.

Hastig drehte sie ab, sprang ins Taxi. »Fahren Sie los! Schnell!« Aus dem Rückfenster sah sie eine hübsche kleine Familie. Mann, Frau, zwei Kinder. Und es war der 24. Dezember. Welch eine hirnrissige Idee von ihr, zu Ryan zu fahren.

Sentimental, gefühlsduselig, unreflektiert.

Mit tränenblinden Augen starrte Amelie in die dunkle Nacht hinaus und atmete auf, als sie wieder Zivilisation unter den Reifen hatte.

Mit einer Hand zog sie ihr Handy aus der Handtasche und drückte auf das Symbol für Sprachsuche. »JFK, Abflüge nach Hawaii.«

Elisa sprang vom Sofa auf und lief ihr hinterher, als sie an ihr vorbei ins Schlafzimmer stürmte. »Was ist denn geschehen?«

Amelie winkte ab. Sie wollte nichts mehr hören und nichts mehr sehen.

Und nichts mehr fühlen.

Hastig stopfte sie einige leichte Kleidungsstücke und einen Bikini in eine kleine Tasche. Handgepäck würde genügen. Den Rest, den sie brauchte, würde sie vor Ort kaufen.

»Ich reise ab. Nein, nicht nach La Réunion, keine

Sorge. Der nächste Flug geht …« Sie blickte auf die Uhr. »… in knapp anderthalb Stunden.«

»Das schaffst du nicht!« Elisa stellte sich ihr in den Weg.

Amelie schob sie einfach zur Seite.

»Und wie ich das schaffe. Das Taxi wartet schon.«

»Nicht, bitte bleib, ich muss dir noch etwas sagen …«

»Lass mich los! Such dir ein anderes Opfer für deine Gehirnwäsche.« Sie schüttelte Elisa einfach ab, gab ihr einen sanften Stoß und knallte die Tür hinter sich zu.

»Und wohin soll's jetzt gehen?«, fragte der junge Taxifahrer mit italienischem Akzent in der Stimme.

»JFK. Und zwar schnell!«

In ewiger Liebe … Pah! Ryan konnte sich seine Weihnachtskarten getrost hinter Glas setzen und an die Wand hängen. Wie unverfroren, ihr solche Sprüche zu servieren, obwohl er Frau und Kinder hatte. Wie erbärmlich!

Dabei hatte sie gedacht, Ryan wäre anders als andere Männer. Treu, ehrlich, fürsorglich, immer bemüht, Harmonie zu verbreiten. Ein durchweg netter Mann und beliebter Boss. Einer, den jeder mochte, der sich um alles und jeden kümmerte, dem die Nächstenliebe aus jeder Pore kroch.

Sie lachte auf und schüttelte den Kopf. Genau das war der Grund gewesen, warum sie es nur ein halbes Jahr mit ihm ausgehalten hatte. Er war einfach zu … nett. Er konnte nicht echt sein. Und er liebte Weihnachten über alles. Und sie hasste es. Mit diesem Tick für alles, was mit dem Weihnachtsfest zu tun hatte, konnte und wollte sie nicht umgehen. Es war ihr schlichtweg zuwider. Das hatte letztendlich den Ausschlag gegeben. Oder?

Und jetzt wollte sie ihr Leben zurück, ihr gewohntes Leben. Und … Oh. Plötzlich und unerwartet nagten Schuldgefühle an ihr.

Sie tippte dem Taxifahrer auf die Schulter. »Wie lange dauert ein Umweg über die Kew Gardensroad, Ecke 131th?«

»Liegt fast auf dem Weg. Zehn Minuten, vielleicht länger. Je nach Verkehr.«

Elisa

Verzweifelt legte sie den Kopf auf den Küchentisch. »Ich habe versagt!«

»Rede keinen Müll, Elisa. Noch ist Zeit. Hey, so kenne ich dich ja gar nicht!« Gabriels Stimme klang tröstend, aber auch leicht ironisch. Wie immer.

»Wie soll ich das schaffen?«, sagte sie, ohne den Kopf zu heben. »Selbst wenn Ryan jetzt zum Flughafen aufbrechen würde, käme er zu spät. Und ich kann ja ihm nicht auch noch sagen, dass ich ein Engel bin.«

»Und warum nicht? Du hast dich Amelie als Engel zu erkennen gegeben. Einer mehr oder weniger macht jetzt auch keinen Unterschied mehr. Sie vergessen dich sowieso.«

Elisa richtete sich auf und sah Gabriel aus tränennassen Augen an.

»Ganz genau! Sie vergessen mich immer. Dabei ... Dabei ...« Sie schluchzte auf.

Dafür erntete sie einen missbilligenden Blick. »Jammere nicht rum, tu was! Du hast einen Job zu erledigen!«

Der ungewohnte Ton holte Elisa auf den Boden der Tatsachen. Sie nickte, schlug mit beiden Händen auf die Tischplatte und stand auf. Ihr blieben noch zwei Stunden bis Mitternacht. Sie musste es wenigstens versuchen.

Aber nicht ohne Nervennahrung.

Hastig schlüpfte sie in den weißen Mantel, steckte ein paar Vanillekipferl in die Tasche – zerbröselt schmeckten sie auch gut – und eilte Richtung Tür.

»Hast du nicht was vergessen? Und wieso gehst du zur Tür? Willst du mit einem Taxi fahren? Das könnte knapp werden.«

»Oh je! Danke! Ich Schussel, ich.«

Sie raste zurück ins Wohnzimmer, schnappte sich die Tasche mit der Schneekugel darin, die sie sorgsam hinter einem Stapel Brennholz versteckt hatte, und kniff die Lippen zusammen. Ihr Herz trommelte wie ein Presslufthammer gegen ihre Brust.

»Viel Erfolg, Elisa!«, hörte sie Gabriels Stimme im Wirbel verschwinden.

Einen Wimpernschlag später stand sie vor Ryans Haus.

»Ja« Was kann ich für Sie tun?« Ryan.

»Hör zu«, begann sie ohne Umschweife. »Wenn du Amelie liebst, musst du mit mir kommen. Sofort! Jetzt!«

Freundlich lächelte er sie an. Oder eher mitleidig? Wahrscheinlich hielt er sie für nicht mehr ganz zurechnungsfähig. Das hatte Amelie ja ebenfalls gedacht.

»Wenn ich was tue? Amelie liebe?« Er stockte, blickte irritiert über die Schulter, dann wieder zu ihr. »Warum sollte ich mit Ihnen gehen? Ich kenne Sie nicht einmal. Außerdem wird das schwierig, ich habe das Haus voller Gäste.«

Elisa winkte ab. »Das bekommst du schon hin. Und nenne mich Elisa, bitte. Amelie fliegt in weniger als anderthalb Stunden vom JFK ab. Du musst ihr vorher deine Liebe gestehen, sonst …«

Sollte sie ihm sagen, was dann passierte? Das würde nur unnötige Diskussionen heraufbeschwören und genauso unnötig Zeit verschwenden.

»Sonst was?«

»Du liebst sie doch, Ryan, oder?« Schnell legte sie ihm eine Hand auf die Schulter und schickte ihm die Sehnsucht ins Herz, die er oft verspürte, wenn er alleine in seinem Bett lag, wenn er wieder ein

Weihnachten ohne seine große Liebe verbrachte und sich mit so vielen Menschen wie nur möglich umgab, um eine Decke auf diesen Schmerz zu legen.

»Ja.« Er schluckte. »Ja, das tue ich. Aber wir brauchen über eine Stunde dorthin. Ohne Verkehr.«

»Das schaffen wir. Los! Uns rennt die Zeit davon!«

Keine fünf Minuten später saß sie neben Ryan auf dem Beifahrersitz.

Ryan legte die Rose auf ihren Schoß, die er sich kurzerhand aus dem frischen Strauß im Flur gezogen hatte. »Kannst du ein bisschen auf sie aufpassen?«

»Schöne Idee. Wenig weihnachtlich, aber trotzdem schön.«

Er nickte und über sein Gesicht huschte ein Schatten. »Nicht gerade ein tolles Weihnachtsgeschenk, hm? Ein passenderes habe ich auf die Schnelle nicht zur Hand.«

»Ich finde, du selbst bist Weihnachtsgeschenk genug.« Vorausgesetzt, sie würde es annehmen. Elisa legte ihre Hand auf den Stil der Rose und seufzte. Keine Dornen, wie schön. »Kannst du nicht etwas schneller fahren?«

»Nein, hier sind nur …«

»Vergiss das Tempolimit! Du musst Gas geben, sonst kommst du zu spät.«

Sie kämpfte mit sich. Nur der Hauch eines Gedankens und eine kurze Berührung von ihr genügten, sie in Windeseile an den gewünschten Ort zu bringen. Ob sie …? Nein. Jetzt ging das nicht mehr, sie saßen bereits im Auto. Und so ein führerloser Wagen hatte die Angewohnheit, sonst wo reinzufahren oder Abhänge hinunterzustürzen oder sich in einem See zu versenken. Das hätte sie sich früher überlegen müssen.

Ryan nickte verbissen und drückte das Gaspedal durch.

Die ungehinderte Fahrt dauerte jedoch nur eine knappe halbe Stunde, dann bremste er abrupt ab.

Stau!« Die Hoffnung strömte aus ihm heraus, als hätte man mit einer Nadel in einen Luftballon gestochen.

Amelie

»Hallo, Melinda, ist deine Mom da?« Amelie schlotterte. Vielleicht vor Kälte.

Mit klammen Fingern zog sie den Mantel fester um sich und versuchte, das Papier in ihrer Hand dabei nicht zu zerdrücken.

Das Mädchen im Schlafanzug hatte die Tür nur einen Spaltbreit geöffnet und musterte sie aus großen Augen, wie es nur Kinder vermochten. Offenherzig, neugierig und ohne Scheu.

»Melinda«, hörte Amelie Tessa rufen. »Wieso bist du nicht im Bett? Und habe ich dir nicht schon tausendmal gesagt, dass der Weihnachtsmann nicht klingelt?« Mit kurzen, schnellen und hörbaren Schritten näherte sich Tessa der Tür und schob sie weiter auf. »Amelie?!«

Schief lächelnd zog Amelie die Schultern hoch. Sie kam sich dämlich vor.

»Ja. Ich ... ich wollte ...« Herrje! Jetzt stotterte sie auch noch. »Mich entschuldigen. Es war nicht richtig von mir, Sie … Ich glaube … Nein, ich weiß, dass ich Sie als meine Sekretärin nicht verlieren möchte, Tessa. Darum möchte ich Sie bitten, Ihre Kündigung zurückzunehmen.«

Tessa warf ihr einen Blick zu, der sofort hätte Eiszapfen wachsen lassen können, verharrte einen Moment und beugte sich dann lächelnd zu ihrer Tochter.

»Geh schon mal ins Bett, ja? Kuschel dich schön ein und warte auf mich. Mummy kommt gleich und liest dir noch die Geschichte vom Weihnachtsstern vor.«

Mit einem begeisterten Jauchzer hüpfte Melinda davon.

»Sie entschuldigen sich bei mir? Dass ich das noch erleben darf.« Tessa verschränkte die Arme und lehnte sich an den Türrahmen.

Hatte Amelie erwartet, sie würde sie hereinbitten? Ja, insgeheim schon. Andererseits hatte sie wenig Zeit.

»Ja. Und ich sage es gerne noch einmal. Es tut mir leid, Tessa. Es tut mir leid, dass ich so garstig zu Ihnen war und … und mich so rücksichtslos gegenüber Ihren Bedürfnissen verhalten habe. Ich habe selbst keine Kinder …« Sie hob die Schultern.

»Vielleicht fehlt mir daher ein wenig … Einfühlungsvermögen?«

»Das kann ich unterschreiben. Aber vorher würde ich das Wort *wenig* streichen. Was, wenn ich gar nicht zu Ihnen zurückwill?«

Amelie seufzte und drückte Tessa einen Bankscheck in die Hand.

»Mit der Antwort habe ich wohl rechnen müssen. Hier, nehmen Sie das. Bitte. Anstatt des Schals. Diese curryfarbene Katastrophe hat sich in der Tat mies verkauft. Ich fürchte, es war keine gute Idee, sie an die Mitarbeiter zu verschenken.« Amelie war von sich selbst überrascht. Mit jedem Wort, das über ihre Lippen floss, fühlte sie sich etwas besser. »Tessa, Sie können das Geld behalten, auch wenn Sie nicht wieder zurückkommen. Sozusagen als Überbrückung, bis Sie wieder einen neuen Job haben. Damit Sie nicht wieder an die Tankstelle müssen.«

Amelie wandte sich ab. Das Taxi wartete.

»Woher wissen Sie … Amelie, jetzt warten Sie doch. Okay.«

»Was?« Sie hielt inne und drehte sich zu Tessa um.

»Okay, ich komme wieder. Aber erst im neuen Jahr. Und nur unter der Voraussetzung, dass ich an den Abenden bei meinem Kind sein kann. Und keine Arbeit an den Wochenenden.«

Amelie wand sich. »Einverstanden.«

»Und wir brauchen eine neue Kaffeemaschine.«

»Die alte heizt zu lange auf, hm?«

»Ja, und sie ist ständig defekt.« Jetzt erst warf Tessa einen Blick auf den Scheck. Und schlug die Hand vor den Mund. »Dreitausend Dollar? Das ist viel zu viel!«

»Nein, Tessa. Das haben Sie sich verdient. Gut, ein Teil ist auch für mein manchmal etwas rüdes Verhalten. Generell werde ich ab sofort Weihnachtsgratifikationen einführen.« Sie blickte auf die Uhr. »Ich muss los, mein Flieger geht demnächst.«

Szenen wie diese waren ihr immer noch leicht zuwider. Bereits am Taxi jedoch hatte sie das Bedürfnis, Tessa noch etwas zu sagen.

»Tessa«, sagte sie und räusperte sich. »Frohe Weihnachten!«

»Das wünsche ich Ihnen auch, Amelie. Gott sei mit Ihnen!«

Sie hörte sich selbst kurz und hysterisch auflachen, stieg ins Taxi und winkte Tessa durch das Fenster zu. *Und wie der mit mir ist. Der schickt mir sogar einen Engel.*

Aber das konnte sie ja niemandem erzählen. Abgesehen davon war sie heilfroh, die verrückte Elisa endlich losgeworden zu sein. Sie freute sich auf Sonne, Strand und Caipirinha. Glitzernder Schnee, das permanente Gedudel von Weihnachtsmusik – selbst hier im Taxi! –, verklärte Mienen im Weihnachtsrausch und die überall gegenwärtige, blinkende oder auch nicht blinkende Weihnachtsbeleuchtung konnten die behalten, die es mochten.

Und jetzt: Bye, bye Christmas und arrivederci eisige Kälte!

Elisa

»Stau?!« Elisa riss die Augen auf.

Tatsächlich! Ungefähr einhundert Meter vor ihnen reihte sich Stoßstange an Stoßstange. Etwas weiter blinkte es hektisch.

»Anscheinend ein Unfall.« Ryan umfasste das Lenkrad so fest, dass die Knöchel seiner Finger weiß hervortraten. »Schicksal. Es soll nicht sein. Bei der nächsten Gelegenheit, versuche ich zu wenden. Tja, das war es dann wohl.«

»Gibt es keine Abkürzung? Eine Seitenstraße vielleicht?«

Er schüttelte sichtlich niedergeschlagen den Kopf.

»Wie spät ist es?« Das nächste Mal musste sie an eine Armbanduhr denken.

»Zu spät«, sagte er leise. »Amelie ist sicher schon am Gate und wartet auf das Boarding.«

»Das ist ... nicht gut.«

Elisa schloss die Augen. Sie sah Amelie am Schalter ihr Ticket entgegennehmen. Mist! Vielleicht war jetzt der Zeitpunkt gekommen, sich mit Ryan auf dem schnellsten Weg an den Flughafen zu begeben.

Ihre Hand zuckte zu seiner Schulter. Moment, was hatte Ryan gesagt?

»Da!«, rief sie und stupste ihn an. »Da ist eine Seitenstraße.«

»Da kann gar keine ... Oh, tatsächlich. Die kannte ich noch nicht.«

»Auf was wartest du noch?«

Als würde er von den Cops verfolgt, scherte Ryan aus und gab Gas.

»Am Ende links, dann rechts«, sagte Elisa hastig, krallte sich am Sitz fest und hatte alle Mühe, den Zauber aufrechtzuerhalten. Mehr noch. Der Flieger durfte nicht starten, auf keinen Fall.

Während Ryan durch die Häuserschluchten raste, blickte Elisa beschwörend hinauf zu dem dunklen, klaren Himmel.

Der Winter ist so schön, so wunderbar in seiner eisigen Umarmung. Klirrend kalte Nächte, Eisblumen, Schnee, so dicht, dass man die Hand vor Augen nicht sieht. Wind durchstößt die dichte, weiße Wand wie ein Blauwal den Fischschwarm. Milliarden Flocken wirbeln im frostigen Tanz. Und wenn sie zur Erde fallen, legen sie sich eisig auf alles, was da ist, und gebieten dem hektischen Treiben Einhalt.

»Für eine Stunde.«

»Was?«

»Wie, was?« Oh! Hatte sie etwa laut gedacht?

Irritiert schielte Ryan zur Seite. »Was meinst du mit: ›Für eine Stunde‹?«

»Ach«, lachte sie. »Ich muss kurz weggenickt sein. Wie lange noch?«

»Wenn es weiter so gut läuft wie jetzt, höchstens noch zwanzig Minuten.«

»Oh, du musst hier rechts abbiegen.«

Ryan steuerte den Wagen auf die viel befahrene Straße.

Es begann zu schneien.

Schöne Augenblicke sind flüchtig

Und kostbar. Teilen wir sie,
haben wir sie doppelt.

Amelie

»Achtung eine wichtige Durchsage für alle Gäste, gebucht auf American Airlines, Flug 1826, nach Honolulu International Airport. Aufgrund des Schneesturms verzögert sich der Abflug auf unbestimmte Zeit. Die neue Einsteigezeit wird bekannt gegeben, bitte achten Sie auf weitere Durchsagen. Wir bitten Sie, die Verzögerung zu entschuldigen, und hoffen auf Ihr Verständnis. Vielen Dank!«

Amelie stoppte mitten in der Bewegung und lauschte ungläubig der Durchsage, die in der Folge in einigen anderen Sprachen wiederholt wurde.

Na toll! Und nun? Unschlüssig, ob sie bereits zum Gate gehen oder sich besser gleich im Radisson

Hotel ein Zimmer nehmen sollte, setzte sie langsam ihren Weg fort.

New Yorks Schneestürme verflüchtigten sich in der Regel nicht innerhalb weniger Stunden, und wenn es ganz dumm lief, mussten die Flugzeuge enteist werden.

Auf dem Absatz machte sie kehrt und stöckelte den langen Gang hinunter.

Sie war wütend. Wütend, weil dieser verdammte Winter sie in seinen Klauen hielt. Wütend, weil seit zwei Tagen nichts so klappte, wie sie es geplant hatte, und wütend, weil ihre Fußballen brannten, als liefe sie über glühende Kohlen. Gezwungermaßen verlangsamte sie ihre Schritte.

Ein Paar schlenderte auf sie zu. Er im Hawaiihemd, sie eingepackt, als ginge es zu einer Expedition auf den nepalesischen Annapurna. Unüberhörbar beklagte sie sich. Sie sei müde und Hunger habe sie ebenfalls. Ihr Begleiter starrte auf das Handy in seiner Hand und schien sie gar nicht wahrzunehmen.

»Hörst du nicht, Edward?!« Sie packte ihn grob am Arm und blieb stehen.

Gott, wie sie Jammerlappen wie dieses Püppchen verabscheute.

»Das wird heute nix mehr.« Hawaiihemd seufzte auf. »Der Wetterbericht sagt, dass sich der Schneesturm direkt über dem Flughafen befindet, möglicherweise einige Stunden dort verharrt und an Stärke zulegt.

»Ich will sofort in ein Hotel!«, jaulte Püppi auf.

Gute Idee, ich auch! Na, den Tag hatte sie sich anders vorgestellt.

Im Gehen zog sie ihr Handy hervor. Zum Glück hatte sie die Telefonnummern aller besseren Hotels der Stadt eingespeichert. Man wusste ja nie, ob man nicht kurzfristig einen finanzstarken Kunden oder wertvollen Geschäftspartner unterbringen musste.

»Stylish Amy, Amelie Stone hier. Hören Sie, ich brauche umgehend ein Zimmer. Haben Sie noch eines frei?«

Man würde nachsehen, kam die Antwort.

Ungeduldig und ihre brennenden Füße ignorierend, legte sie noch einen Zahn zu. Nachsehen! Pah!

Ruckartig blieb sie stehen. »Bitte? Kein Zimmer frei? Eine Suite? Auch nicht? Souterrain? Besenkammer? Ja, war ein Scherz. Danke für die Mühe.«

Die nächsten drei Hotels waren ebenfalls voll belegt. Ein Blick auf die Tafel in der Halle zeigte ihr deutlich, warum das so war. Kein Flug ging mehr. Und vor morgen früh würde wahrscheinlich auch keine Maschine mehr abheben.

Es blieb ihr nichts anderes übrig, als sich nach Hause fahren zu lassen.

Draußen jedoch war die Hölle los. Passanten rutschten auf spiegelglatten Wegen, Autos standen quer, und über die ganze Szenerie fegte ein Wind, der gefrorene Eisstückchen wie Geschosse durch die Luft jagte.

Fluchtartig machte sie kehrt und atmete erleichtert auf, als sie wieder in der Wärme des Terminals stand.

Offensichtlich kam sie nicht von hier weg. Sie brauchte einen freien Platz mit WLAN-Anschluss. Irgendwie würde sie die Nacht schon überstehen.

Elisa

»Du liebe Güte, was passiert denn da? Ein Schnee-sturm? So plötzlich?« Ryan ging vom Gas, beugte sich vor und kniff die Lider zusammen.

»Öhm, ja, ist ein bisschen heftig ausgefallen, fürchte ich«, kicherte Elisa nervös.

Vor ihnen rutschten die Autos von der Straße, Milliarden kleiner, spitzer Eisnadeln trommelten an die Windschutzscheibe und nahmen ihnen die Sicht. Zum Glück gab es keine Unfälle, soweit Elisa erkennen konnte.

»Bisschen heftig? Eine Katastrophe ist das. Hoffentlich kommen wir ohne größeren Schaden zum Flughafen.«

Elisa sah auf die Uhr am Armaturenbrett. Halb zwölf. Genau halb zwölf.

Sie hatte noch knapp dreißig Minuten.

Natürlich! Der Radius des Schneesturms musste kleiner werden. Es war ja niemandem geholfen, wenn Ryan nicht vor zwölf Uhr seine Amelie in die Arme schließen konnte. Und allen anderen, die jetzt mit den Witterungsverhältnissen zu kämpfen hatten, auch nicht.

Sie versuchte, sich auf den Flughafen zu konzentrieren, und schloss die Augen.

»Gott sei Dank, es lässt nach«, hörte sie Ryan sagen.In seiner Stimme schwang Erleichterung mit.

Nanu? Sie hatte doch noch gar nichts getan? Sie öffnete die Lider wieder. Tatsächlich, es hatte aufgehört zu schneien, die Straße schien trocken.

»War wohl nur eine Wetterschneise. Glück gehabt.« Ryan trat das Gaspedal durch.

Von wegen ... Elisa wusste sehr genau, wer ihr da helfend an die Seite gesprungen war.

»Ja«, sagte sie und konnte sich ein Grinsen kaum verkneifen. »Gott sei Dank!«

»Und du meinst, sie nimmt mich zurück?«, fragte Ryan in ihre Gedanken hinein. »Was macht dich so zuversichtlich? Ich meine, sie hat mich übel abserviert. Und sie hasst Weihnachten. Ich bin der denkbar schlechteste Partner für sie.«

»Im Gegenteil. Du bist genau das, was sie braucht, Ryan.«

Nach kurzer Überlegung erzählte sie ihm Amelies Geschichte. Ihre bitteren Erfahrungen im Kinderheim, die Liebe, die ihr immer gefehlt hatte, die ständigen Rückschläge, das Verlassenwerden, die Einsamkeit und die Angst, wieder jemanden zu verlieren, den sie liebte. Und wie diese Angst sie dazu brachte, eine Schutzmauer um sich zu errichten. Die Verbitterung, das spartanische und kühl eingerichtete Haus, Tessas Kündigung und deren Gründe. Nichts ließ sie aus.

»Sie ist in einem Heim aufgewachsen?«

»Ich dachte mir, dass sie dir das verschwiegen hat.«

»Das erklärt vieles«, sagte er nachdenklich, nur um kurz darauf die Augen aufzureißen. »Himmel, ich habe nicht mal ein richtiges Geschenk für sie. Wie hätte ich auch wissen können, dass ich heute Abend auf dem Weg zu ihr sein würde.«

»Doch, du hast die Rose und ein weiteres Geschenk für Amelie. Sogar ein ganz besonderes. Momentchen.« Sie bückte sich und zog die Tasche aus dem Fußraum.

»Was hast du da? Oh, das ist eine Tasche von uns, Malones Christmas Wonderland.«

Elisa freute sich wie ein kleines Kind. Hach, jemanden zu beschenken, machte unheimlich Spaß. Auch wenn es sich in diesem Fall um ein Geschenk handelte, das dem Beschenkten schon lange gehörte.

Sie griff in die Tasche und legte ihre Hand auf die Kugel, die etwas größer war, als die üblichen Schneekugeln.

»Sag mal, kann es sein, dass wir uns schon einmal gesehen haben?«, begann er und musterte sie fragend. »Bist du nicht die Frau, die zweiundfünfzig von den Schutzengelchen gekauft hat?«

»Ganz genau.« Wie schön, dass er sie erkannte. »Und zweiundfünfzig weiße Organzasäckchen.

Die Kinder im Hort haben sich sehr darüber gefreut. Und übrigens … Danke, dass ich mir eine Schneekugel aussuchen durfte.«

»Keine Ursache.« Er lächelte sie an und seine hellen blauen Augen blitzten erfreut. »Wer so viele Engel verschenkt … Welche hast du dir ausgesucht?«

Vor Freude vergaß Elisa beinahe zu atmen.

Langsam zog sie die Kugel aus der Tasche und hielt sie hoch. Es war die schönste und größte von allen.

Elisa seufzte lange auf und verdrückte eine Träne.

»Die wundervollste Schneekugel, die ich jemals gesehen habe«, sagte sie und schüttelte sie leicht. Sofort schwebte feiner, weißer Schnee um die dargestellte Szene in der Mitte der Kugel.

»Ausgerechnet diese?«

»Mhm, ja. Für dich. Das ist dein Geschenk für Amelie. Das war es schon immer, oder?«

Es schneite wieder. Je näher sie zum Flughafen kamen, desto stärker wirbelten die Flocken durch die Nacht.

»Huh, es wird wieder glatt.« Angespannt umfasste er das Lenkrad fester. Dann lachte Ryan laut auf. »Das ist ja irre. Nein, verrückt ist das. Wie konntest du wissen …? Nein, das konntest du nicht wissen.«

Er lachte wieder und schüttelte den Kopf.

«Oh, wir sind da!«, unterbrach Elisa, auch um weiteren Fragen aus dem Weg zu gehen. Dessen ungeachtet drängte die Zeit.

Er nickte konzentriert. »Ich fahr ins Parkhaus.«

»Parkhaus? Nein, bloß nicht! Ich meine, steig du nur hier aus, ich fahre den Wagen für dich ins Parkhaus.«

»Und du stiehlst ihn auch nicht?«

»Ehrenwort! Hier, ich gebe dir …« Sie wühlte in der Manteltasche und zog ein Vanillekipferl hervor. »… das hier als Pfand.

»Einen zerbröselten Keks …«

»Nicht gut, hm? Dann etwas anderes.« Sie kramte ihren Ausweis hervor und hielt ihn hoch. »Geht das?«

»Du gibst mir deinen Personalausweis?« Er beugte sich vor. »Sevencloud. Ein ungewöhnlicher Name.«

»Sehe ich ganz genauso, aber ich durfte ihn mir nicht aussuchen. Also, was ist?« Langsam wurde sie ungeduldig.

Er nahm den Ausweis. »Wie finde ich dich wieder?«

»Gar n… Ich meine, ich finde euch schon, keine Sorge.«

Himmel, dass mit dem Verplappern würde sich hoffentlich im Laufe der nächsten Aufträge legen.

»Danke, Elisa Sevencloud. Danke, dass du das für uns tust.«

»Keine Ursache, das ist mein … Ich meine, es ist gleich Mitternacht. Wäre doch schön, wenn ihr euch noch vor Anbruch des 25. Dezember kü… in die Arme schließen könntet, oder? Also husch, Zeit ist Liebe. Sagt man doch so, oder?«

Sie strahlte ihn an und steckte die Kugel zurück in die Tasche.

»Eigentlich nicht, aber das hat was.« Er lenkte den Wagen in eine Haltebucht und stieg aus. Elisa tat es ihm gleich.

Der starke Wind blies sie beinahe um. Wenn sie es recht überlegte, reichte es jetzt mit Schnee und Eis. Sie steckte die Rose in die Tasche, drückte sie Ryan in die Hände und lächelte ihm ermutigend zu.

»Viel Erfolg!«

Kaum war er im Flughafengebäude verschwunden, blickte sie zum Himmel und sagte. »Es reicht jetzt.«

»Das meine ich aber auch, Lady«, erwiderte ein Passant und eilte mit hochgeschlagenem Mantelkragen an ihr vorbei.

Nachdem sie den Wagen im Parkhaus abgestellt hatte, beeilte sich Elisa, ins Terminal zu kommen.

Von einer der Treppen genoss sie einen Moment das bunte, unglaubliche Treiben. So viele Menschen. Ein Brummen wie aus Tausenden Bienenkörben.

Amelie

»So ein Mist aber auch!«

Fluchend setzte Amelie ihren Weg auf der Suche nach einer halbwegs bequemen Sitzgelegenheit fort.

Kurz darauf fand sie einen freien Sessel, allerdings mitten in der Menschenmenge und ohne WLAN-Station. Egal, ihre Füße brannten.

Aufatmend ließ sie sich in die harte Schale des Sitzes fallen, zog die Schuhe aus und knetete ihren schmerzenden Fußballen. Dabei blickte sie sich um. Diese Elisa brachte es sicher fertig, auch hier aufzutauchen.

Zu ihrer Überraschung entdeckte sie nirgends lange, goldblonde Haare und die Sitze um sie herum waren alle belegt.

Allem Anschein nach war sie die Verrückte endlich los.

Amelie lehnte sich zurück und schloss die Augen.

Irgendetwas war anders, fühlte sich anders an. Tessa hatte erleichtert und … ja, auch glücklich gewirkt, als sie ihr vom Taxi aus noch zugewunken hatte. Und es war Amelie, als flutete eine große Zufriedenheit ihr Inneres.

Von Anfang an war ihre Sekretärin an ihrer Seite gewesen und hatte sie beim Aufbau von *Stylish Amy* unterstützt. Tessa gehörte einfach dazu, war nicht mehr wegzudenken. Und jetzt endlich konnte Amelie sich eingestehen, wie sehr sie Tessas Kündigung getroffen hatte und wie überglücklich sie darüber war, dass Tessa an ihrer Seite bleiben würde.

Und Sophie …?

Einen tiefen Seufzer ausstoßend, versuchte Amelie, eine bequeme Sitzposition zu finden. Unmöglich.

Sophie … Sie hatte sie »das Letzte!« genannt. Und einfach aufgelegt.

Kurz entschlossen fischte Amelie das Handy aus der Tasche und wählte ihre Nummer. Sicher waren die Gäste noch da, sie würde niemanden aufwecken.

Mist! Besetzt.

Eine knappe Minute später versuchte sie es erneut. Immer noch besetzt.

Sie wählte Sophies Mobilfunknummer. »Der Teilnehmer ist zurzeit nicht erreichbar, bitte versuchen Sie es später noch einmal.«

Mit dem Handy in der Hand, lehnte Amelie sich zurück und starrte ins Leere.

Und zuckte zusammen. Ihr Telefon klingelte.

Das Bild ihrer Freundin poppte auf dem Display auf.

»Sophie!«, meldete sie sich erleichtert. »Ich habe gerade versucht, dich zu erreichen, aber es war besetzt und dein Handy ist ausgeschaltet und ich wollte dir sagen, dass mir mein peinlicher Auftritt auf dem Weihnachtsmarkt unendlich leidtut, und ich wollte mich bei dir entschuldigen und dir sagen, dass ...«

Ein Lachen von Sophie unterbrach sie. »Das ist so typisch für uns, oder? Noch bevor die eine *Wurst* sagen kann, hat die andere sie schon gegessen.

Auch ich wollte dir sagen, dass es mir leidtut. Ich war einfach zu wütend über das, was du alles gesagt hast. Allerdings finde ich es immer noch das L… also, ich meine, weniger gut, dass du Tessa rausgeworfen hast. Denn …«

 »Ich habe Tessa nicht rausgeworfen«, warf Amelie hastig ein. »Sie hat selbst gekündigt, weil … weil ich eine Idiotin war. Aber vorhin …«

 »Sie hat selbst gekündigt? Oha, das hätte ich nicht gedacht. Ich bin mir sicher, dass es eine Kurzschlusshandlung war. Kannst du nicht versuchen, sie zurückzugewinnen? Stopp, warte. Ich möchte erst noch loswerden, was ich dir sagen wollte. Bereit? Gut. Und unterbrich mich nicht, ja? Also … Amelie, wir beide kennen uns schon so lange und ich glaube, ich bin neben Tessa die Einzige, die weiß, wie du noch vor ein paar Jahren drauf warst … bevor du Ryan davongelaufen bist. Gut, Weihnachten hast du schon immer gehasst und ein emotionaler Überflieger bist du auch nicht gerade, aber … nun ja, bei deiner Vergangenheit ist das auch kein Wunder. Was nicht heißen soll, dass das alles entschuldigt. Was ich eigentlich sagen will, ist: Ich bin nicht bereit, die »alte« Amelie kampflos aufzugeben. Aber ich füge dem ein *noch* hinzu.«

Schweigen.

Amelies Lider hatten sich während Sophie Wortschwall mit Tränen gefüllt und liefen nun über.

»Oh, Sophie«, brachte sie mühsam hervor und wischte sich mit dem Handrücken die Nässe von den Wangen. »Ich weiß gar nicht, was ich sagen soll … Ich … ich bin gerade so überglücklich, du ahnst gar nicht, wie sehr. Und du bist nicht dick, überhaupt nicht. Ich meinte auch nicht dich, sondern eher so allgemein. Und ich finde mich selbst zu dünn. Ehrlich. Und wenn du möchtest, komm ich übermorgen zu dir und wir holen das Essen nach, ja? Ich bringe alles mit, du musst dich um nichts kümmern. Und du musst mir sagen, was ich für deine Mädchen besorgen könnte. Ich hätte noch ein paar hübsche Tücher … Nein, vergiss das mit den Tüchern.«

»Wie wäre es mit morgen? Neunzehn Uhr? Und du musst den Mädchen nichts mitbringen, sie haben genug zum Auspacken. Also was ist, kommst du?«

»Am fünfundzwanzigsten Dezember?!«

»Warum nicht?«

»Okay … Okay, ich komme. Mein Flug geht sowieso nicht und ich denke, ich könnte ihn stornieren.«

»Dein Flug? Wo bist du überhaupt? Ich wundere mich schon die ganze Zeit über die Geräuschkulisse.«

»Flughafen. Ich wollte über Weihnachten nach Hawaii, aber wegen des Blizzards wurden alle Flüge gecancelt.«

»Bei uns ist alles trocken. Komisch. Ach ja, nur zur Info: Mein Schwiegervater wird ebenfalls da sein. Ist das ein Problem für dich?«

»Nein«, antwortete Amelie und das war seltsamerweise nicht einmal geschwindelt. »Das ist kein Problem mehr, gar keines.«

Amelie lachte und weinte gleichzeitig. Irgendjemand legte ihr ein Taschentuch auf den Schoß, lächelte gütig und lief weiter. War das nicht der Kellner vom Café?

»Dann würde ich sagen, bis morgen, Amelie … Ich freu mich auf dich.«

Nach dem Gespräch saß Amelie noch eine ganze Weile auf dem unbequemen Sessel, dann schlüpfte sie in ihre Schuhe, schulterte die Tasche und stand auf.

Sie könnte in die VIP-Lounge gehen und das Ende des Schneesturms abwarten. Wieso hatte sie nicht früher daran gedacht? Auch wenn es ihr zutiefst widerstrebte, unter Umständen eine Nacht am Flughafen verbringen zu müssen, war ein Aufenthalt in der VIP-Lounge zweifellos besser, als draußen im Schneesturm festzustecken oder auf dem harten Stuhl. Oder im Flieger auf dem Rollfeld zu sitzen.

Aber zuerst würde sie den Flug stornieren. Oder konnte sie ihn einfach verfallen lassen? Ach nein, sie würde ihn ordnungsgemäß absagen.

Mit einem weinenden und einem lachenden Auge lief sie los Richtung Schalter.

»Amelie?«

Wie von einer unsichtbaren Wand gestoppt, hielt sie mitten in der Bewegung inne. Sicher nur eine Namensgleichheit, es gab viele Amelies.

»Amelie!«, rief es wieder.

Sie schluckte. Kein Zweifel, diese Stimme kam ihr bekannt vor, sehr bekannt.

Zögernd drehte sie sich um, fast zeitlupengleich.

»Ryan?« Die Worte kamen kaum hörbar über ihre Lippen.

In ungefähr zehn Metern Entfernung stand er, eine rote Tasche mit beiden Händen vor sich haltend. Sein Blick fragend, unsicher.

Entgeistert starrte sie ihn an, unfähig, sich zu bewegen.

Jetzt hatte sie es! Sie träumte immer noch. In Wahrheit befand sie sich nicht am Flughafen, ohne Chance, von dort wegzukommen, sie lag zu Hause in ihrem Bett oder auf dem Ledersofa im Büro. Kein Schneesturm, kein Engel, kein Ryan. Allerdings erinnerte sie sich nicht, jemals zuvor einen so realitätsnahen Traum gehabt zu haben.

So ein Blödsinn! Sie – Amelie Stone, Inhaberin von *Stylish Amy* – ließ generell Fakten sprechen. Niemals würde sie in die Fantasie eines Traumes flüchten. Völlig ausgeschlossen.

Tief atmete sie durch und wischte die lächerliche Träne von der Wange. Irgendetwas musste ihr ins Auge geraten sein. Verdammtes Herz, es klopfte zu schnell. Und sie hasste es, wenn sie sich nicht unter Kontrolle hatte.

Ryan kam auf sie zu. Widerstrebend setzte auch sie sich in Bewegung.

»Ich bin so froh, dass ich dich noch erreicht habe, bevor du in den Flieger steigst, ich …« Nervös nestelte er an den Griffen der Tasche herum.

»Kein Flieger. Der verdammte Schneesturm hat alle Flüge sozusagen auf Eis gelegt.«

»Ein Glück für mich.« Er streckte eine Hand nach ihr aus.

Amelie wich zurück. Sofort überzog ein trauriger Ausdruck sein Gesicht und er ließ die Hand sinken.

»Entschuldige. Es ist nur so … Ich wollte dir etwas schenken. Hier.« Er zog die Rose aus der Tasche.

»Oh, eine Rose … Wie schön. Danke. Aber, wieso?«, stammelte sie und ignorierte die Tasche. Mein Gott, sie stammelte! Wie alt war sie eigentlich? Fünfzehn?

»Weil …«, begann er und sie versuchte, nicht in seine hellen Augen zu sehen und nicht seinen Duft einzuatmen. Herbes Rasierwasser, darunter ein Hauch Zimt und ein leicht süßliches Aroma nach Orangen. »Weil ich dich nicht gehen lassen möchte, wohin auch immer. Weil ich all die Jahre nur an dich denken musste, weil …«

»Das hatten wir alles schon, Ryan. Du und ich, das ist wie Winter und Sommer. Das geht nicht zusammen. Außerdem glaube ich nicht, dass deine Familie darüber besonders amused wäre.«

»Meine Familie?«

»Also bitte, Ryan. Das ist ja lächerlich. Ich habe dazu nichts mehr zu sagen.«

Abrupt drehte sie ab und marschierte mit langen Schritten los Richtung VIP-Lounge.

In ihr zog sich etwas schmerzhaft zusammen und schickte ihr ein Gefühl ins Herz, das sie schon lange nicht mehr besucht hatte. Eine warme Welle flutete ihr Inneres und mit einem Mal sehnte sie sich nach einer Umarmung. Seiner Umarmung.

Das machte ihr Angst. Amelie beschleunigte ihre Schritte, überlegte kurz, ob sie die Rose in den nächsten Mülleimer werfen sollte.

»Oh, Autsch!« Mist, umgeknickt. Kurzerhand schlüpfte sie aus den Manolos und setzte ihren Weg auf Seidenstrümpfen und mit Rose in der Hand fort.

»Jetzt warte doch, Amelie!«

Er hatte sie eingeholt und hielt problemlos mit ihr Schritt. Kein Wunder, für einen seiner Schritte brauchte sie zwei.

»Weglaufen, ja das kannst du«, sagte er aufgebracht. »Alles, was man nicht in Diagramme pressen und kalkulieren kann, macht dir Angst.«

»Was weißt du schon!«

»Alles, was ich wissen muss, Amelie.«

Sie stoppte. »Ach ja? Und was meinst du mit alles?«

»Hörst du mir mal einen Moment zu, ohne dass du gleich wieder wegrennst?«

»Von mir aus.«

»Zuerst zu mir. Ich bin nicht mehr verheiratet. Wir haben uns im Herbst scheiden lassen. Das scheint dir entgangen zu sein. Es ging wie immer durch die Presse.«

Jetzt war sie verwirrt. Nicht nur, weil sich ihre Beine seltsam nachgiebig anfühlten. Sie strich sich fahrig eine Haarsträhne hinters Ohr. »Im Herbst? Da war ich auf Hawaii, ein Fotoshooting für eine Werbekampagne betreuen.«

»Und ich habe auch keine Kinder.«

»Aber ...« Sie stockte verwirrt. »Aber bei dir zu Hause, die blonde Frau, die kleinen Kinder, der ...«

»Kate, eine meiner Angestellten«, erklärte er lächelnd. »Jedes Jahr gebe ich am 24. Dezember ein Fest und alle bekommen sie ein kleines Geschenk. Auch die Kinder.«

»Oh, okay ... Aber ...« Sie nahm seine Hand und hob sie an. »Warum trägst du noch deinen Ehering?«

Ryan zog die Brauen hoch, sah erst auf seine Hand in der ihren, anschließend blickte er sie lange an. Schweigen war immer das Schlimmste.

»Erkennst du ihn nicht?«

Jetzt war es an ihr, überrascht zu sein. »Wieso sollte ich deinen Ehering …« Siedend heiß schob sich eine Erinnerung hoch. »Nicht wahr!«

»Doch. Ohne unseren Freundschaftsring fühlte ich mich die letzten Jahre irgendwie unvollständig. Als die Scheidung durch war, habe ich ihn wieder angesteckt. Es fühlt sich … richtig an. Hast du deinen noch?« Er legte seine Stirn an ihre.

Amelie schloss für einen Augenblick die Augen.

»Nein«, hauchte sie. »Ich … ich habe ihn nicht mehr.« Die letzten zwei Tage hatten ihr ordentlich zugesetzt und ihr Verstand weigerte sich mit einem Mal, zu funktionieren, wie er es eigentlich sollte. Stattdessen schien der Sturm von draußen nun in ihr zu toben. Nur war dieser nicht kalt und eisig, sondern unglaublich warm, heiß fast. Seit langer, sehr langer Zeit hatte sie nicht den Hauch einer Ahnung, wie sie reagieren sollte.

»Nun, ich schätze, dann sollte ich uns andere Ringe besorgen.« Zart küsste er ihre Stirn. »Aber das kann warten. Ich denke, nein, ich hoffe, wir haben jetzt alle Zeit der Welt. Oder?«

Sie schwankte zwischen davonlaufen und ihre Arme um ihn schlingen.

Kopf. Herz. Zwei, die wohl in ständigem Wett-
streit standen.

Hast du bemerkt, dass du ständig flüchtest? Hauptsäch-
lich vor dir selbst. Schon übel, wenn du dir eingestehen
musst, keine Freunde zu haben. Niemanden, der dich
liebt. Und viel wichtiger noch: Niemanden, den du aus
vollem Herzen lieben kannst.

»Amelie ...« Ryan schob sie ein Stück von sich
weg und sah ihr ernst ins Gesicht. »Wenn du mir
sagen kannst, dass du nichts mehr für mich
empfindest, lass ich dich für immer in Ruhe.
Allerdings stellt sich mir die Frage, warum du vorhin vor meinem Haus gestanden hast.«

Jetzt lächelte er sein verdammt jungenhaftes
Lächeln, in das sie sich damals schlagartig verliebt
hatte.

Wie von selbst hob sich ihr Arm. Langsam strich
sie seine Locke aus der Stirn. Wie erwartet,
schnurrte sie sogleich wieder in die vorherige
Position zurück. Sie wollte etwas sagen, doch der
Kloß in ihrem Hals versperrte ihren Worten den
Weg.

»Der Wirbel ...«, sagte Ryan und grinste ver-
schmitzt. »Damit muss ich wohl leben. Aber mit
dir ... Mit dir *will* ich leben, Amelie.«

Sie schloss die Augen. Wie konnten sie eine Chance haben? Er verkörperte all das, was sie zu meiden versuchte. Amelie Stone und der Christmas-Malone? Nein, das würde nicht gut gehen, es war schon einmal schiefgegangen. An der Ausgangssituation hatte sich nichts geändert. Moment …

Sie trat einen Schritt zurück. Die Nähe zu ihm machte sie weich wie einen Marshmallow. »Ryan, ich …« Verdammt! Kopf, Herz …

Er stellte die Tasche auf den Boden, trat näher und legte seine Hände auf Amelies Schultern.

»Du bist die Frau, mit der ich alt werden möchte. Du bist es, die mein Herz gefangen hält … Vom ersten Augenblick an. Nichts auf dieser Welt kann so schön sein, dass es das Bild von dir in meinem Herzen auslöschen könnte. Ich … ich liebe dich, Amelie. Ich werde niemals aufhören, dich zu lieben. Und wenn du mir jetzt sagst, dass du nicht ebenso für mich empfindest, dann gehe ich jetzt. Aber renne nicht wieder davon, bitte! Sag es mir. Sag mir, dass du mich nicht liebst.«

Unvermittelt umklammerte sie ein drängendes Gefühl. Irgendetwas tief in ihr drängte sie. Wieso, wusste sie selbst nicht.

Sie wusste nur, dass ihr die Zeit wie feiner Sand durch die Finger glitt.

Und alles um sie herum schien still zu stehen, auf ihre Worte zu warten.

Sie sah zu ihm hoch. In seinen Augen lag eine Zärtlichkeit, die ihr mit einem Schlag unzählige wild, flatternde Schmetterlinge in die Magengrube schickte. Eine tiefe, unumstößliche Wahrheit drängte sich an die Oberfläche und ihr wurde klar, dass es keiner Worte bedurfte, um sie zu erkennen. Mit dem Herzen.

Sie liebte diesen Mann! Jede einzelne Zelle ihres Körpers sehnte sich nach seiner Umarmung, sehnte sich danach, sich fallen zu lassen. Sie – die starke Unternehmerin – wollte nicht mehr stark sein. Zumindest jetzt nicht.

Seine Blicke suchten in ihrem Gesicht nach einer Antwort und in diesem Moment rann ihr eine heiße Träne über die Wange.

Zärtlich nahm er sie mit der Kuppe seines Zeigefingers auf.

Seine Stimme klang brüchig, als er ihren Namen hauchte und sie fest in seine Arme schloss.

Die Handtasche rutschte über ihre Schulter und fiel mit einem dumpfen Knall auf den Boden.

Es war ihr egal. Wie eine Ertrinkende schlang sie ihre Arme um ihn und legte ihren Kopf an seine Brust, hörte seinen galoppierenden Herzschlag. Die Sehnsucht nach Ryan, seiner Berührung, seinem Duft, seiner Stimme überrollte sie jäh und ließ sie erschauern.

Behutsam schob er sie ein Stückchen von sich weg, legte ihr einen Zeigefinger unter das Kinn und hob es an.

Amelie atmete zitternd aus. Sie konnte und wollte sich nicht mehr gegen das Sehnen ihres Herzens stellen.

Langsam näherte sich sein Gesicht dem ihrem und vorsichtig, beinahe fragend, legten sich seine Lippen auf ihre. Ergriffen schloss sie die Augen und erwiderte seinen Kuss. Unglaublich zärtlich, warm, sanft und mit dem süßen Geschmack eines Versprechens darin. Ihr Herz klopfte so mächtig in ihrem Brustkorb, als wolle es herausspringen.

Amelie wollte gleichzeitig lachen, weinen und vor Freude schreien.

»Ich habe noch etwas für dich.« Er löste sich von ihr und durchbrach damit den Zauber, der sie bis eben in seiner zarten Umarmung gefangen gehalten hatte.

Noch bevor sie wieder klar denken konnte, drückte er ihr die rote Tasche in die Hand.

»Frohe Weihnachten, Amelie!«

»Aber das wäre doch nicht ...« Den Rest dieses lapidaren Satzes schluckte sie hinunter, lächelte verlegen und griff in die Tasche.

»Eine Schneekugel ...?«

Ausgerechnet ihr schenkte er eine Schneekugel? Wider Erwarten gefiel sie ihr ausnehmend gut. Sie würde sie auf den Kaminsims stellen. Vielleicht würde sie sogar ... Nein, das jetzt nun doch nicht. Sie hatte noch nie einen Weihnachtsbaum aufgestellt und auch jetzt würde sie sich keinen zulegen. Dennoch bekam sie das Bild eines mit mattschimmernden roten und goldenen Kugeln geschmückten Weihnachtsbaumes nicht aus dem Kopf. Sie wusste nur nicht, wo sie so einen gesehen hatte. Aber wenn Weihnachtsbaum, dann so einer.

»Sieh dir die Schneekugel genau an«, sagte Ryan mit leiser Stimme, trat neben sie und legte den Arm um ihre Schultern. »Fällt dir etwas auf?«

Amelie hob die Kugel hoch und kniff leicht die Lider zusammen.

Im Inneren war die Grand Central Station – der über einhundert Jahre alte Bahnhof Manhattans –

mit sehr viel Liebe zum Detail nachgestellt. Ein sehr beeindruckendes Gebäude mit wunderschön gestalteten Deckenbögen, imposanten Treppenaufgängen und riesigen abgerundeten Fenstern. Und davor ein Liebespaar, das sich küsste.

Schlagartig kehrte die Erinnerung zurück.

»Oh mein Gott, Ryan! Das sind ja …«

»… wir beide.« Er legte einen Arm um sie und drückte sie an sich.

»Ja«, hauchte sie und wieder stieg ihr das Wasser in die Augen. »Dort haben wir uns kennengelernt.«

»Na ja.« Er lachte leise auf. »Du hast telefoniert, bist einfach über meine Füße gestolpert und hast mir deinen Kaffee über die Hose gekippt.«

Trotz der Tränen musste sie lächeln, als sie daran dachte. Sie war auf dem Weg nach … Es fiel ihr nicht mehr ein. Sie hatte mit einem Geschäftspartner telefoniert und deswegen ihren Zug verpasst.

»Der schöne Kaffee …«, erwiderte sie lachend und schniefend zugleich.

»Und dann hast du mich beschimpft.«

»Dabei hast du nur auf der Bank gesessen und auf deinen Zug gewartet.«

»Seitdem liebe ich Kaffee. Er ist wie du: dunkel, aromatisch, süß. Und er weckt in mir die Lebensgeister.«

Ihr fehlten die Worte für eine geistreiche Erwiderung. War das noch zu fassen?

Sie schluckte, steckte die Kugel zurück in die Tasche und drehte sich zu Ryan. Ergriffen schlang sie die Arme um seinen Hals. Nicht einen einzigen Tag wollte sie mehr ohne ihn sein. Er musste sie nur ansehen, damit sie sich lebendig fühlte wie seit Langem nicht mehr. Keine Verkaufskurve der Welt, kein noch so schöner Strand in der Südsee konnte diesem Gefühl, das sich so umfassend zart und wohltuend in ihr ausbreitete, das Wasser reichen.

»Ich ...« Fast versagte ihr die Stimme. »Ich ... Ryan. Bitte verzeih mir.«

»Da gibt es nichts zu verzeihen«, sagte er kaum hörbar und küsste all ihre Tränen weg.

In diesem Moment schlug irgendwo eine Uhr Mitternacht.

Elisa

»Oh Gott, danke!« Elisa sank auf die Knie und drückte einen Kuss auf das Display ihres Handys, bevor sie es an ihre Brust presste.

»Muss das wirklich sein, Engel? Du vergisst, dass an dem Ding eine Kamera ist!«

»Oh! Oh?! Wie peinlich!« Schnell rappelte sie sich auf, lehnte sich gegen das Geländer und hielt das Handy vor sich. »Ich war nur so begeistert. Auf die letzte Minute, nein, Sekunde! Das war so knapp.« Mit Daumen und Zeigefinger deutete sie einen winzigen Millimeterabstand an. »So knapp!«

Vor Aufregung hatte sie noch wenige Minuten zuvor alle Plätzchen in sich hineingestopft, die sie in der Manteltasche verwahrt hatte.

»Zudem wirkt es etwas seltsam, wenn eine Frau mitten in einem Terminal auf die Knie sinkt, meinst du nicht?«, sprach Gabriel weiter. »Aber gut. Du hast es vollbracht, Elisa. Herzlichen Glückwunsch!« Er blickte auf die Uhr. »Und frohe Weihnachten!

Dann würde ich sagen: Bis gleich. Ich habe einen *Cloud Colada Virgin Style* für dich kalt gestellt. Mit Schirmchen.«

Elisa öffnete den Mund, wollte sich beschweren. Sie würde nur zu gerne noch bleiben, der Spaziergang im Central Park stand noch aus.

Doch Gabriel kam ihr zuvor. »Nein! Das geht nicht. Und bevor du weiterredest: Ich mag mir jetzt auch nicht anhören, wie schwer es für dich ist, dass keiner deiner Schützlinge sich an dich erinnert.«

Empört funkelte Elisa ihn an. »Aber …«

Er hob die Hand. »Pscht! Keine Widerrede. Wir holen dich jetzt.«

»Halt! Ich muss mit Ryan die Parkkarte gegen meinen Ausweis tauschen.« Sie wusste zwar nicht, wie sie das bewerkstelligen sollte, aber irgendetwas fiel ihr sicher ein.

Sie griff in die Manteltasche, zog den Parkschein hervor und hielt ihn hoch.

»Siehst du?«

»Ja«, kam die Antwort von einem sichtlich amüsierten Gabriel. »Ich sehe. Du auch?«

Irritiert blickte sie auf den Parkschein. Der keiner mehr war. Stattdessen hielt sie ihren Ausweis in der Hand. Enttäuscht ließ sie den Arm sinken.

»Nicht traurig sein, Elisa. Genügt es nicht, dass du sie in Erinnerung behältst?«

Das sagte er so einfach. Sie hatte so gehofft, sich von den beiden verabschieden zu können, vielleicht ein Foto zu machen. Herrje, das nächste Mal musste sie früher daran denken. Siedend heiß fiel ihr plötzlich ein, dass Amelie sich sicher über ihr weihnachtlich geschmücktes Haus wundern würde. Das musste sie unbedingt noch vor ihrer Rückkehr in Ordnung bringen.

»Gabriel, ich kann noch nicht zurück«, sagte sie schnell und steckte das Handy in die Manteltasche.

»Alles bereits erledigt!«, dröhnte es aus den Tiefen ihres Mantels.

Beleidigt verschränkte Elisa die Arme vor der Brust und nagte nachdenklich an der Innenseite der Wange herum. Es musste doch noch eine Möglichkeit …

»Noch einmal für kleine Engel …? Nein. Es ist alles geregelt. Komm heim. Eigentlich darf ich es dir nicht sagen, aber hier wartet noch eine Überraschung auf dich.«

»Wenn du diesen faden Wolkencocktail meinst … Kannst du selbst trinken.«

»Wenn ich Überraschung sage, meine ich das auch so.«

Sie bekam ein Geschenk? Von Gabriel? Sie hatte noch niemals ein Geschenk erhalten. In fiebriger Vorfreude zog sie das Handy aus der Tasche. »Was ist es denn?«

»Wenn ich dir das sage, ist es keine Überraschung mehr.«

»Oh, bitte, Gabriel. Sag es mir. Nein, warte, zeig es mir. Bitte!«

»Nein.«

»Bitte!«

»Okay. Momentchen.«

Elisa sah, wie er sich zur Seite beugte, um nach etwas zu greifen. Im nächsten Moment legte sie ergriffen eine Hand an die Brust.

»Ooooh, Gabriel, das ist ja so zauberhaft. Ich weiß gar nicht, was ich sagen soll.«

»Wie wäre es mit: ›Danke!‹?«

»Danke! Danke, danke, danke, danke!«

»Das genügt. Bist du bereit? Dein Cloud Colada Virgin Style wartet.«

»Einen Augenblick noch, ja? Schüttel mal kurz. Ich will sehen, ob es auch schneit.«

»Natürlich tut es das!« Gabriel spielte den Entrüsteten. »Eine Schneekugel ohne Schnee habe ich jedenfalls noch nie gesehen. Also gut, aber nur kurz.«

Er schüttelte und feiner Schnee wirbelte um die Fotografien im Inneren der Kugel. Zärtlich strich Elisa mit den Fingerspitzen über das Display.

Jetzt hatte sie Amelie und Ryan immer als Erinnerung in dieser Schneekugel.

»Ich hoffe, es ist okay, dass ein Foto von dir mit dabei ist?«, hörte sie Gabriel fragen und konnte nur stumm nicken, so sehr berührte sie der Anblick.

»Oh ja, das ist es«, flüsterte sie.

»Frohe Weihnachten, Elisa!«

»Frohe Weihnachten auch dir! Und danke für dieses wunderbare Geschenk.«

Auweia! Sie hatte nichts für Gabriel!

»Das erwarte ich auch nicht.« Gabriels Gesicht nahm wieder den Platz auf dem Bildschirm ein. »Geschenke kommen von Herzen. Dazu muss es nicht Weihnachten sein. Auch nicht Geburts- oder Valentinstag. Viel wichtiger ist doch, dass der Mensch – okay, ein Engel manchmal auch – oft vergisst, wie wichtig es ist, innezuhalten und über das Leben und das Besondere darin nachzudenken. Vieles ist selbstverständlich geworden, das Bewusstsein für die wirklich kostbaren Dinge um uns herum ist leider oft tief vergraben.«

»Der Duft von Schnee. Das leise Klingen von Glöckchen. Lustig tanzende Schneeflocken. Aber auch ein warmer Frühlingswind, Blumenduft, weiches Gras unter den Füßen, das Lachen eines Kindes.« Elisa seufzte sehnsuchtsvoll auf.

»Ja, zum Beispiel.«

»Und Dinkelbrot mit viiiiiel Butter.« Sie grinste. »Aber noch besser schmeckt es, wenn man es mit jemandem teilen kann.«

»Sehr richtig. Schöne Augenblicke sind flüchtig und kostbar. Teilen wir sie, haben wir sie doppelt.«

»Oh. Oh! Sieh mal da! Sie halten Händchen und gehen auf den Ausgang zu. Und jetzt ... Jetzt bleibt sie stehen und Amelie dreht sich zu ihm um. Oh, Gabriel, ich will hören, was sie sagt. Sie hat mich vergessen, oder? Also kann ich auch ...«

Ohne seine Antwort abzuwarten, hielt sie spontan die Zeit an und rannte die Treppe hinunter, als wäre eine Horde Büffel hinter ihr her. Geschickt schlängelte sie sich zwischen all den in ihren Bewegungen eingefrorenen Menschen hindurch. Sie brauchte jetzt unbedingt Action, sonst wäre sie geplatzt.

Vor Amelie und Ryan blieb sie stehen und seufzte glücklich auf.

In Ryans Augen stand das Leuchten der wahren Liebe. Amelie hatte diesen Glanz ebenfalls, und nicht nur in den Augen, ihr ganzes Gesicht, ihre Haltung, die Art, wie sie in diesem Augenblick mit den Fingerspitzen Ryans Locke an der Stirn berührte, wirkte weicher, weiblicher und voller Gefühl.

Hach, einfach wunderbar. Sie könnte stundenlang einfach nur dastehen und sie ansehen.

»Jetzt mach schon, Elisa.« Gabriels Stimme klang ungeduldig.

»Typisch Mann! Ihr habt keine Antennen für solche Momente.«

Sie trat ein Stück weg von den beiden und zog das Handy aus der Manteltasche, tat so, als würde sie telefonieren. Mit einer winzigen Bewegung ihrer freien Hand hob sie den Zauber auf. Und spitzte die Ohren.

»Möchtest du mich morgen zu Sophie begleiten? Ich meine, nur wenn du nichts anderes vorhast.«

»Zu Sophie?« Eine kleine senkrechte Falte grub sich zwischen seine Augenbrauen. Aber nur kurz, dann erinnerte er sich offensichtlich und lächelte. »Du meinst die Sophie? Deine Freundin? Wie schön, dass ihr beide immer noch ein Gespann seid. Und ja, gerne. Ich habe nichts vor.« Er nahm sie in den Arm. »Nein, das war gelogen.

196

Ich habe etwas vor. Dich habe ich vor. Von jetzt an am liebsten jede Minute unseres restlichen Lebens.«

Elisa schniefte und drehte sich weg.

»Ach Gabriel, die Liebe muss so unglaublich und wunderschön sein.«

»Das ist sie, Engel, das ist sie.«

Rezept
Vanillekipferl

Plätzchen gehören für mich zur Vorweihnachtszeit dazu wie der Duft von Bratäpfeln und mit Nelken gespickten Orangen.

Zu dieser Jahreszeit stehe ich oft mit Begeisterung in meiner Küche und knete Mehl, setze kleine Makronen aus gemahlenen Haselnüssen, Zucker und Eischnee auf das Backpapier, steche aus diversen Teigen Engelchen, Sterne und Weihnachtsbäume aus und verziere sie mit Puderzucker, flüssiger Schokolade oder mit Zuckerguss.

Doch am liebsten sind mir Vanillekipferl.

Für ca. 30 Vanillekipferl werden folgende Zutaten benötigt:

~ 150 g Mehl (vorher fein sieben)

~ Das Mark einer Vanilleschote (schmeckt vanilliger)

~ ½ Päckchen Vanillezucker oder

~ Ein paar Tage vorher 1 Vanilleschote in ein Glas mit feinem Zucker geben

~ 35 g Zucker

~ 50 g gemahlene Mandeln (alternativ gemahlene Haselnüsse)

~ 100 g Butter (zimmerwarm)

~ 2 EL Puderzucker

Das Mehl, die Mandeln, das Vanillemark und etwa die Hälfte des Vanillezuckers aufhäufen. Darauf kleine Stücke der weichen Butter verteilen und alles mit einem Messer erst klein hacken und anschließend mit den Händen zu einem Teig verkneten.

Erst wenn der Teig schön geschmeidig ist, kann er in Frischhaltefolie verpackt für etwa eine Stunde in den Kühlschrank, damit er fest wird.

Inzwischen Backpapier auf ein Blech legen und den Ofen auf etwa 175 Grad (Ober-/ Unterhitze) vorwärmen.

Jetzt ist Zeit für einen leckeren
Tee zwischendurch, oder?

Nach einer Stunde den Teig zu einem Strang von ungefähr 3 Zentimetern Durchmesser rollen. Je nach Menge kann der Teig vorher in mehrere Stränge geteilt werden (sonst wird die Rolle u. U. zu lang).

Jetzt daumendicke Scheiben von der Rolle schneiden. Jede einzelne Scheibe erst rollen, und anschließend zu den bekannten kleinen Hörnchen formen und auf das Backpapier legen.

Bei 175 Grad in der Mitte des Backofens benötigen die Vanillekipferl ca. 15–20 Minuten, dann sind sie fertig. (Zur Probe evtl. mit einem Holzstäbchen in ein Kipferl stechen. Klebt beim Herausziehen noch Teig daran, sind sie noch nicht so weit.)

Die Vanillekipferl aus dem Backofen stellen und 3–5 Minuten auskühlen lassen, sonst besteht Gefahr, dass sie zerbrechen. Die noch warmen Kipferl in Puderzucker wälzen. Alternativ kann man sie auch in Vanillezucker wälzen und mit etwas Puderzucker bestäuben.

Ich wünsche einen unvergleich-
lichen Vanillekipferl-Genuss.
Auf dass sie auf der Zunge zergehen mögen.

Danke

Ein ganz besonderer Dank geht an meinen Mann, der mich bei jedem Roman immer wieder aufs Neue anfeuert und eine Engelsgeduld mit mir hat. Danke für seine Unterstützung und seine uneingeschränkte Liebe. Er hält mir den Rücken frei, baut mich liebevoll auf, wenn ich in einer Szene hänge, und unterstützt mich mit seiner ganzen Kraft, um meine Träume wahr werden zu lassen. Und er bringt mir Kaffee. Danke an meine Tochter, die oftmals scherzhaft die Augen verdreht, wenn ich gedanklich im Roman stecke und nicht wirklich ansprechbar bin. Ich liebe euch beide so sehr, dass es keine Worte dafür gibt.

Der Name der Protagonistin Amelie wurde in einer Leserumfrage gewählt. Vielen Dank an Lilian Stehnkuhl und Tanni Tanja Jahnke für den Namensvorschlag.

Im Besonderen möchte ich meinen tollen und absolut zuverlässigen Testleserinnen danken. Danke, Gabi R., du bist immer für mich da, das weiß ich sehr zu schätzen! Anja B., ich danke dir, dass du mir die Treue hältst, obwohl du lieber Thriller, Horror & Co liest. Lieben Dank, Vero, ich fühle mich geehrt. Du bist fantastisch! Danke auch dir, liebe Christina. Du findest immer Zeit, mir ein wertvolles Feedback zu geben, trotz einem Stall voller Kinder. Und ein riesiges Danke an Romy! Danke für deine Unterstützung, deine wirklich guten Vorschläge und … danke für den Satz: »Vom Bettler zum Tellerwäscher zum Millionär.« Ich habe ihn sehr gerne übernommen, er passt wirklich gut. Mädels, Ihr seid einfach nur Spitze!!

Zu guter Letzt geht natürlich ein fulminantes DANKESCHÖN an alle Leserinnen und Leser meiner Romane. Euren Spaß und die Freude, meine Geschichten zu lesen, sind meine Motivation, noch viele Romane folgen zu lassen.

Eure Jo Berger

Was ich noch sagen wollte

Eine kleine Bitte zum Schluss ...

Ich hoffe, Dir hat dieser Roman gefallen, und ich würde mich wahnsinnig über Deine Meinung freuen. Denn Dein Feedback hilft nicht nur anderen Lesern, Neues zu entdecken, sondern auch mir, um nachvollziehen zu können, was aus Lesersicht in diesem Buch gefallen oder weniger gut gefallen hat. Nur so kann ich mich als Schriftstellerin weiterentwickeln. Darüber hinaus sind Deine Erfahrungen, Erkenntnisse und Eindrücke als ehrliches Leser-Feedback eine immense Wertschätzung. Dabei müssen es nicht viele Worte sein.

Ich danke dir bereits im Voraus, wenn du dir zwei bis drei Minuten Zeit nimmst und eine kleine Bewertung zum Roman bei Amazon verfasst.

Die Autorin

Die Leser lieben ihren Witz, der in keinem Roman fehlt. Denn wenn Jo Berger zu ihrer Feder greift, dann meist mit viel Humor und Herz. In ihren Romanen geht es um die ganz große Liebe, um Lebenslust, Glück und große Gefühle. Natürlich immer mit Happy End. Es geht um Frauen in den Achterbahnen des Lebens, um Traummänner, beste Freundinnen und Lebensträume.

Und eines ist garantiert:

Lachen, weinen und seufzen, wunderbare Bilder im Kopf und große Gefühle. Ganz einfach Bücher, die ein gutes Gefühl hinterlassen.

Jo Berger lebt mit ihrem Mann und einer Tochter in der Metropolregion Rhein-Neckar. Seit 2016 schreibt sie als hauptberufliche Schriftstellerin Liebesromane mit Humor und amüsante Kurztexte aus dem Frauenalltag.

Kennen Sie schon den weihnachtlichen Liebesroman

Manhattan Millionär
Luxus oder Liebe?
Ein Gemeinschaftsprojekt mit Andrea Bielfeldt

»Du meinst, Champagner hilft gegen Jetlag?«
»Champagner hilft gegen alles, Schätzchen.«

Fine ist als rechte Hand vom Chef die Überbringerin schlechter Nachrichten und damit Allies größte Bürofeindin. Doch ein kleiner Unfall lässt die beiden Frauen feststellen, dass sie mehr gemeinsam haben, als gedacht:
Männer ohne Arsch in der Hose, einen egoistischen Chef und den Traum nach einem Weihnachten ohne die lästige Verwandtschaft samt Gänsebraten und Oh Tannenbaum Geträller.
Spontan buchen die beiden Mittzwanzigerinnen einen Trip nach New York, lassen es dort im Luxusshopping so richtig krachen und begegnen zwei Millionären, die ihnen die Welt zu Füßen legen …

Eine romantische Komödie über die Liebe und Geld, das allein auch nicht glücklich macht.

Reingelesen in

Manhattan Millionär
Luxus oder Liebe?

Aufgelegt.

Fassungslos starrte Allie auf ihr Handy, dessen Display sich langsam verdunkelte. Das war jetzt nicht sein Ernst, oder? Hatte er das eben tatsächlich gesagt? Hatte er sie wirklich so abgefertigt? So ein … »Das glaube ich einfach nicht. Du Blödmann!«

Aufgebracht setzte Allie ihren Weg fort. Na, der würde was zu hören bekommen, wenn sie nach Hause kam. Vorher müsste sie allerdings noch einkaufen. Aber – sollte sie ihm etwa jetzt noch seine heiß geliebten Königsberger Klopse zubereiten? Nach diesem ›liebevollen‹ Gespräch?

»Machs dir doch selbst«, raunzte sie in die Stille. Umständlich suchte sie beim Gehen die Öffnung der Tasche und steckte das Telefon zurück. Dabei achtete sie jedoch nicht auf den Weg und trat prompt mit dem rechten Schuh in eine Pfütze. »Oh nein!« Sie ruderte mit den Armen, um nicht auch noch mit dem zweiten Fuß hineinzutreten, und dabei glitt ihr der Schnellhefter mit den lose darin liegenden Unterlagen aus der Hand. Mit einem saftigen Klatscher landete er neben ihren Pumps in der eiskalten Brühe.

»So ein Mist! Ach Mann … Wenn es läuft …«, wiederholte sie ihr heutiges Mantra, ging in die Hocke und sammelte die nassen Papiere ein. Das alles wäre nicht passiert, wenn sie – wie die blöde Busch – einen Parkplatz in den vordersten Reihen hätte. Aber die waren ja der Chefetage vorbehalten und mindestens fünf Firmenwagen hatten da eben auch noch gestanden. Alles Luxuskarossen der höheren Preiskategorie, die sie sich vermutlich niemals leisten konnte. Es sei denn, sie würde ihr sauer Erspartes dafür opfern. Doch das kam nicht infrage, denn sie sparte heimlich für ihren Traumurlaub: zwei Wochen Amerika, mit denen sie ihren Mann im nächsten Jahr zum Hochzeitstag überraschen wollte. Aber wenn er so weitermachte, würde sie allein in den Urlaub fliegen. Oder besser noch – gleich ganz auswandern. Dann wäre sie auch die Busch los.

Endlich hatte sie – völlig durchnässt – ihren schwarzen Golf am Ende des Platzes erreicht. Mit nassen Haaren, einem durchweichten Mantel, dreckigen Pumps und übelster Laune schloss sie ihren Wagen auf, schleuderte die aufgeweichten Papiere auf den Beifahrersitz und ihre Tasche hinterher. Sie plumpste hinter das Lenkrad, schnallte sich an und startete den Motor.

Mit Wut im Bauch und den Worten im Kopf, die sie ihrem Mann in wenigen Stunden an die Rübe donnern würde – natürlich würde sie auf ihn warten; das Thema war noch nicht vorbei! –, gab sie Gas. Auf Höhe der vorderen Parkplätze schoß urplötzlich und direkt vor ihrer Nase ein Wagen aus der Parklücke. Geistesgegenwärtig rammte Allie ihren Fuß auf das Bremspedal. Zu spät. Das Heck des silbernen Firmenwagens krachte mit voller Wucht in ihren Golf. In ihren neuen Golf. Genauer, rechts vorne. *Wenns läuft …*